路地裏のウォンビン

小野美由紀

U-NEXT

目次

プロローグ 005
第一章 007
第二章 059
第三章 131
エピローグ 217

装画　yoco
装丁　木庭貴信＋岩元萌（オクターヴ）

路地裏のウォンビン

プロローグ

いいか、骨の聲《こえ》を聞け。
お前も知らないお前の聲を、
本当のお前自身の聲を。
血でもない、肉でもない、貌《かたち》でもない。
それだけがお前をお前であらしめるのだ。
それが、愛する者を救うただ一つの——

第一章

路《みち》の裾《すそ》に、散った花弁が積もっている。泥に埋もれ、風に吹かれてもなかなか散ってゆかない。死者の魂がそこでステップを踏むように。現世への名残を抱き、まだそこに留まろうとするように。

路地を駆けるゴムサンダルの乾いた足音が、トタンの屋根屋根にこだまする。格子窓から忍び入る陽の光を瞼《まぶた》に感じて僕は目を覚ました。埃《ほこり》っぽいマットレスは上体を起こすと大きく軋む。隣のベッドで寝ている叔母を起こさぬようそうっと立ち上がると、靴を履き、鉄の重たいドアを押し開け外へと出た。

陽が昇ったばかりの街は巻き上がる土埃に抱かれ一層乾いて見える。白い朝の日差しが灰色のバラック小屋の群れにフォークのように差し込み、みすぼらしい輪郭を浮かび上がらせている。どの細い路からも、通りへと駆け出してくる子供達の靴音がばらばらと聞こえ、一日の始まりを合図していた。

「ルゥ」背後から声をかけられて振り返ると、シャオイーが立っていた。

「親方が、二、三人で海沿いの市場に行けって。〝外船《そとぶね》〟があるんだ」それだけ言うと彼は雀斑《そばかす》だらけの顔をぷいと背け、僕を追い越して先へと駆けて行った。僕もあわててそれに続いた。仕事の時間だ。

僕はこの街に三年前から暮らしている。

両親が流行《はや》り病で死に、骨董商を営んでいた家はあっという間に人手に渡った。僕は母の遠縁であるウーフェン叔母を頼りになんとかこの街にやってきた。叔母は家に連れてこられた僕を見るなり、酒臭い息をはあ、とひといき吐くと、僕の顔を平手で思い切り殴りつけた。その一撃すら、狙いもわざとつけず、自分が起こす行為の全てに少しの力も注ぎたくないというようなおざなりなものだった。その痛みから僕は悟った。生まれてからこれまでの七年間と同じ、暴力や悪意といったものとまるきり無縁だった生活は、決してこの先、戻ってこないであろうことを。次の日、陽が昇るとともに彼女は僕を戸口から蹴り出すと「自分の食い扶持は自分で稼ぎな」と吐き捨ててバタンとドアを閉めてしまった。

以来、僕は近所の孤児たちに混じり掏摸《すり》稼業に身を窶《やつ》している。幸いにも、似たような境遇の子供がたくさんいるおかげで自分を惨めだと思わずに済んでいた。周りの大人たちも決して僕らを咎《とが》めない。弱い者が生き延びるには周りを出し抜くしかないことを、この街の全員が身をもって知っているのだ。

狭い路地に密集する住宅は年中吹きつける潮風に浸食されて朽ちかけ、軒先を地面につきそうなほど低く垂らしている。この、季節の区切りの緩慢な南国の街にも、かろうじて継ぎ目のわかるほどの春があり、夏がある。訪れた春を祝う薄桃色の花が、家々の軒にくくりつけられ花弁を散らしていた。吊り下げられた籠の中では黄色い小鳥が囀《さえず》り、その下には昨日の雨で生まれた泥濘《でいねい》が乾き切らずにぐずぐずとわだかまっている。舞い落ちた花弁と小鳥の羽根、人々の撒き散らしたごみや動物の糞。それらが道端で入り混じり、一体となっている。ひどい有様にもかかわらず、泥の中からは不思議と萌え出る若草の匂いがした。

市はいつも以上に賑わっていた。埃舞う目抜き通りをたくさんの人々が往来している。港に外国船が寄れば、市はたちまち活気付く。僕らにとっても格好の稼ぎどきだ。

路の両脇には所狭しと店が並び、物売りたちが大声で朝一の客を呼び寄せている。魚屋、八百屋、肉屋、香辛料の店。客たちは我先にと品物に手を伸ばし、店主に大声で注文をつける。鶏飯の屋台はおもちゃのような椅子と卓を路いっぱいに並べ、これから労働に出る人々の胃袋を満たしていた。香草の澄《す》んだ香り、スゥプの良い匂いが通り中に漂い、僕らの胃を絞りあげる。ヨーグルト売りが屋台を引くガラガラという音、吊り下げられた牛乳缶がぶつかりあう音。渋滞した荷車が通りの角で尻を擦り合う鈍い音。それらが通り過ぎた後の地面には、まるで巨大なウナギが暴れ狂った跡のように、いく筋もの轍《わだち》がうねっている。

僕らはすぐには動かない。稼ぎのチャンスは待つ者にのみ、必ず向こうからやってくる。時折、道端で飯をかきこむ労働者におこぼれをねだる子供もいたが、そんなことをしたって冷たく追い払われるのが関の山だ。

この日も急ぎの俥引きが魚屋の店先に車をぶつけ、大量の魚をひっくり返して喧嘩が勃発していた。揉め事が起これば僕らの出番だ。僕は仲間に遅れをとらないよう、見物に集まってきた野次馬たちの輪の中へと飛び込んで行った。決して怪しいそぶりは見せず、自分たちも喧嘩を見物しに来た、という体《てい》で。

輪の中心では俥引きと魚屋がののしりあっていた。二人の足元には盛大に魚が散らばり、ぎょろりとした目玉を恨めしそうに天に向けている。野次を飛ばす大人たちの間をすり抜けながら、着ているものの生地で慎重に懐具合を品定めする。薄汚れた木綿の背中が並ぶ中、一人だけ上物の亜麻《リンネル》を着たのがいた。尻ポケットからは膨らんだ財布がのぞいている。僕は何食わぬ顔をして、背後にそっと近づいた。意識して息をゆっくりと吐く。横隔膜の緊張を解くためだ。内臓がこわばっていては良い動きができないと、親方から教わっていた。

男は喧嘩に夢中で僕に気づいていない。そうっと指先に力を込める。耳の奥が熱くなり、喧騒がふっと遠のいた。財布を引き抜く時の神経の昂《たかぶ》りと、引き抜いた直後の脱力は、子供同士が戯れに耽《ふけ》り合う秘密の遊びがもたらすそれと似ている。指先の一点に意識を集中し、男の尻ポケットにそっと差し入れると、滑らかな革の感触があった。爪を角に食い込ませ、慎重に引き上げる。呼吸を、ゆっくりと、繰り返しながら。

掏摸はあっけなく成功した。上質の革が布地の隙間をすり抜ける、するりとした感触があり、次の瞬間にはずっしりとした重みが手のひらに収まっていた。僕は自分のズボンの尻ポケットに財布を閉じ込めると、何食わぬ顔をして群衆の外へ出た。膨らみ具合と重さから察するに、今日の稼ぎはこれひとつで十分だろう。ちょうど、魚屋と俥引きの喧嘩にも決着がつき、群衆は雨止み後の雲のように急速に四方に散り始めていた。埃にまみれた魚を店主が苦い顔で拾いあつめている。ふと、その後ろ、品台の足元に一匹の上等なトビウオが転がっているのが見えた。あれを持ち帰れば今日の夕食はより豪華になるはずだ。こう毎日水粥では、育ち盛りの身にはたまらない。

僕は足を止め、そうっと魚屋の脇に近寄った。店主に見咎められぬよう、急いでトビウオを拾い上げてTシャツの背に隠す。そのまま魚屋と隣の薬屋の壁の隙間に滑り込んだ。

大通りの裏を埋め尽くす網密な路地は、鍵穴のように入り組み住人すらも知らない秘密の抜け道を作り出す。僕が滑り込んだのもそのうちの一つだった。昼ですら光を通さず、犯罪と密事の温床だったが、僕たちにとっては都合が良かった。ここに入り込んでしまえば、まず捕まらない。

突然、がつん！　という衝撃と共に燃えるような痛みが後頭部に走り、僕は跳ねとばされた。状況を理解する間もなく、地面に叩き伏せられる。

「気づかれてないと思ったか」

さっきの背広の男だった。答える間もなく男は僕に馬乗りになり、頰を張った。頭の芯が痺れ、痛みに呼吸が止まる。男は僕の襟首を摑むと力ずくで路の更に奥へと引きずり込んだ。靴が片方脱げ落ち、踵《かかと》が地面に溜まった泥を掻《か》く。

「あいにく今日は朝から機嫌が悪いんだ。付き合ってもらおうか」

地面に転がされ、男の太い胴が両足の間に割り入って来た時、何をされるのかを予期して内臓が縮み上がった。逃れようともがくと、男はためらいなく拳を鳩尾《みぞおち》にぶち込んだ。脳天まで割れるような衝撃に視界が眩《くら》む。昨日食べた水粥が胃液とともに喉から溢れ出る。上等のスーツが汚れるのも構わず、男は僕にのしかかった。圧倒的な体格差になす術もない。

「お前の顔には見覚えがあるんだ。この一帯で長いこと仕事してるだろう」

ひやりとした感触を腹部に覚えて目をやると、ナイフが突きつけられていた。男はナイフを構えたまま、片手で僕のズボンを剝《は》いだ。反射的に閉じようとする脚を無理矢理こじ開けると、男はためらいなく入ってきた。

体を真二つに引き裂かれるような痛み、内臓を圧迫される不快感に声すらも出せない。引き攣《つ》れたそこは異物を拒むが、男は無理矢理押し広げ、抽送《ちゅうそう》を試みる。

「大人しくしてれば可愛がってやるよ」男の指が胸を這う。払いのけようとすると、さっき殴られた場所を手のひらで押されて再び胃液がこみ上げた。嘔吐感で体が緩んだ隙に男はさらに腰を進める。意識は次第に恐怖でかじかみ、男の侵略を徐々に受け入れ始める。

その刹那。

どすん！　と大きな音がして、頭上から黒い影が降ってきた。ぐえ、という呻き声と共に男の体が僕から離れる。

慌てて顔を起こすと、一メートルほど先の地面に男が転がっていた。その向こう、わずかに屋根の隙間から差し込む日差しの中に誰かが立っている。陽に透ける琥珀色の髪、薄暗い路地でも、光を集めて輝く白い肌……。

「ウォンビン！」

「ルゥ、逃げろ！」

聞き慣れた声が壁の間に響いた。途端にこわばっていた僕の体はすぐさま活力を取り戻す。気を奮い立たせて立ち上がると、一目散に走り出した。元来た大通りとは逆、暗がりの奥へと。頭を押さえ、うずくまる男を残して。

「通りに出たら向かいの区画に飛び込め。そのまま乞骨街《チーグージェ》を目指せ」

背後から彼の声がする。僕の身体はたちまち銃弾のごとく尖る。力がみなぎり、足は一層強く地面を蹴る。泥水をはね散らし、崩れた壁の破片を踏み越え、一目散に路の奥へと。

あっと叫ぶ声がして振り返ると、ウォンビンが男に髪を摑まれていた。男の太い腕が彼を引き寄せる。振りほどこうとするウォンビンの顔を、男の大きな手のひらが覆う。ぎゃあ、と凄まじい叫び声が上がった。ウォンビンが男の手に嚙み付いたのだ。白い歯が人差し指の付け根にぎっちりと食い込み、深々とえぐっている。男は振り払おうと腕を振り回す。ウォンビンは離さない。肉が削げ、白い骨が剝き出しになる。

「てめぇ、ふざけるな」

蹴りつけられ、殴りつけられようやくウォンビンは口を離した。あっという間に体勢を整えると、痛みにうずくまる男を尻目に一目散にこちらに向かって駆けてくる。

「何してんだ。いくぞ」

僕たちは脇目も振らずに駆け、薄暗い路地の終点を目指した。立ちはだかる壁を避け、僕たちの住む街へと。屋根の隙間から時折フラッシュのように眩しい光が射す。後ろから男の咆哮《ほうこう》が壁を伝い追いかけてくる。路は入り組みながらも次第に太くなり、軒の隙間から覗く空の面積が増えてゆく。

男の罵声が遠ざかり、やがて聞こえなくなった頃、僕たちはようやく陽のあたる通りへと飛び出した。


「川を越えるまで走れ。そこまで来れば安全だ」

人ごみの間を縫うようにすり抜け、街のはずれまで出る。隣の街と僕たちの街とを隔てる川を越え、建物の陰に飛び込んで、ようやく僕らは安堵の息を吐いた。

「ウォンビン、」

僕は隣で荒い息を吐く少年に声をかけた。彼は応《こた》えない。膝に手をつき、下を向いて喘いでいる。顔を覆う長い髪の隙間から、べっとりと血の付いた口元が覗く。

不安になるほどの時が経ったのち、彼は顔を上げると、

「おっ前なあ！」

鼓膜が破れるほどの大声で僕に向かって叫んだ。

「スったあとに気ぃ抜くなって、あれほど言ったろうが！　ボケ！」

互いの鼻先がつきそうなほどの距離で、ウォンビンは罵言を炸裂させた。

「獲物を抜いたら、すぐにその場を離れる。絶対に相手に顔は見せない。基本だろ」

日差しに晒された色素の薄い瞳は金《きん》を孕《はら》み、鋭い眦《まなじり》を縁取る濃いまつげまでをも光に透かしている。口の端は男に張られたせいで、潰れたプラムのように赤黒く変色していた。涼やかに通った鼻梁とのギャップが一層痛々しい。

「ごめん、ウォンビン。今度から気をつけるよ」

僕は素直に謝った。僕が目を付けられることは、行動を共にしている彼を危険にさらすことにもなるのだ。大人たちにとって、この街の孤児たちはどう扱っても構わない犬ころ同然だった。捕まった時の見せしめは、指の一本や二本では済まされず、時にもっと悪辣な暴力として僕たちに降り注いだ。仲間の何人かはそれで掏摸を止め、物乞いに転じている。

「魚、君にも食べさせたかったんだ」

気が済んだのか、彼は顔を離すと
「ったく、心配させんなよな、バァカ」

そのまま向こうをむいて歩き出した。勝気な彼は誰に対しても口が悪い。言葉は荒いものの、もうそれほど怒っていないのは足取りの軽さからも明白だった。

「あーあ、今日の稼ぎはなしか。また親方にどやされんなあ」

目の前の背は僕よりもほんの少しだけ高い。薄い肩甲骨が、どこからか拾ってきたのであろう、鮮やかなピンクのタンクトップから覗いている。頚椎の目立つ細い首の上、ウェーブがかかった髪が揺れている。琥珀色の猫毛は陽に透けると南国鳥の尾羽のような緋がわずかに混じって見えた。性格とは裏腹の、この少女のように端麗な見目のおかげで、凄んでもいまいち迫力の出ないことが彼の唯一の弱点だった。

「ウォンビンの分は」

「ねぇよ。さっき男に捕まった時に落としちまった」

手をひらひらさせながら、彼はこちらを振り返らずに言う。ふと思い出したように歩みを止め、タンクトップをめくって見せた。脇腹が露わになる。

「あいつ、思いっ切り革靴で蹴りやがって。見ろよ」

薄い皮膚の上、肋骨の間を埋めるように毒々しい紫の痣《あざ》が広がっていた。澄んだ乳白色の肌には雀斑一つなく、余計に変色が目立つ。

「……本当にごめん」

もう一度、今度は後悔の念を込めて謝った。いつもは年長のやつらの倍を稼ぐウォンビンの、今夜の取り分が僕のせいで減るのは忍びない。僕たち孤児の一日の稼ぎは全て、親方の元にまとめられ、大幅に上前をはねられたのちに分配される。成績の悪い者はそのうち別の商売に駆り出される可能性があった。彼をそんな目に合わせるわけにはいかない。

僕の胸中を察したのか、ウォンビンはいく分か和らいだ口調で言った。
「心配すんな。行くぞ」

僕たちの暮らす乞骨街は半島の南端に位置する古い港街だ。一年を通して海から南風が吹きつける潮夏市《シャオシア》に属し、日本との貿易で栄える隣の市の恩恵を受けてなんとか生きながらえている萎びた貧民街だった。熱帯気候の蒸れた日差しを受けて一年中すえた匂いが立ち上り、雨季には日に数度のスコールのおかげで路は常にぬかるんでいる。そこに暮らす人々も、全員が全員、泥の底でもがきながらなんとか息だけは継いでいるような、そんな生き様しか持ち合わせていなかった。
女たち——女に限らずだが——は港に寄る男たちの欲望を受け止め、男たちは港を締めるやくざの一党からのおこぼれにあずかって日銭を稼ぐ。そのわずかな稼ぎすら、皆すぐさま一滴でも多くの酒に変えてしまう。引き取られてからの三年間、ウーフェン叔母が博打と酒以外に金を使っているのを見たことがない。明日の朝に炊くための米すらもキッチンの戸棚に入っていることは稀だった。もっとも彼女の稼ぎだって、子供の僕が他人の財布から拝借する額と大して変わらないのだから仕方がない。喧嘩や博打に明け暮れ、隣家の住人同士でも隙あらば騙し合う。生きてゆくためのまっとうな金の稼ぎ方を、誰も最初から知らないし、知ろうともしない。大人も子供も泥底を這い回り、互いに奪い合い暮らしている。

僕がウォンビンに初めて会ったのは、この街に来てすぐ、ギルドの年長組のやつらから〝洗礼〟を受けていた時のことだ。

彼らは新入りがあるたび人気《ひとけ》のないところに追い込んで、裸に剝いて隅々まで検分を行った。リーダー格のドゥアは特にそれを念入りにやった。東方からの流れ者で「正式な」みなしごではない上、やせっぽちで背の低い僕は嗜虐癖《しぎゃくへき》の強い彼の格好のターゲットだった。

「お前、本当はウーフェンの子なんだろ」

虫歯だらけの口をにぃ、と開け、ドゥアは僕に迫った。追われて逃げ込んだ袋小路で僕は震えていた。

「あいつ、誰とでも寝るらしいな。この前、道路で犬とやってるのを見たやつがいるってよ」

「お前、犬の子か」彼の仲間たちがすかさず囃《はや》す。

「犬の子は、あそこも人間と違うんじゃねぇのか」

ドゥアが僕を突き飛ばした。地面に転がし、足を高く持ち上げる。彼の威圧的な体軀が視界を覆う。

「見せてみろよ。もし人間と違ったら、切り落としてやる」

恐怖と諦めで目を閉じかけた時、突然、ぎゃ、という叫び声と共に鈍い音が響いた。驚いて顔を上げると、ドゥアが地面に倒れ、その上に見知らぬ少年が馬乗りになっていた。周りを取り囲んでいた悪ガキ達が一斉に輪を広げる。

「お前ら、またやってんのか」

どうやら軒の上から飛び降りてきたらしい。彼はすぐさま立ち上がると、ドゥアの前に仁王立ちになった。

「てめえ、何すんだ」

ドゥアが起き上がりながら叫んだ。

「新入りには稼ぎの手口を教える。それ以上のことは、親方は命じてない」

「半端もんに、ここのルールってもんを教えてやってるんだ。邪魔するな」

「お前が勝手に敷いたルールだろ」

どけ、と短く言うと、少年は僕に向かって手を差し伸べた。

「おい、勝手に手ェ出してんじゃねぇぞ」

ドゥアが少年の腕を掴む。少年はドゥアの咆哮を受けても顔色一つ変えない。ドゥアを押し返すように、大きく胸を張り、相手を睨《ね》めつける。挑戦的な目つき、きりりと結ばれた唇。態度とはうらはらに、彼の体のひとつひとつのパーツは小作りで、傘の部品か、影絵人形の骨組みのように繊細な印象を与える。

二人は睨み合った。ヒキガエルのような平たいドゥアの顔には憎々しげな皺が寄り、一層醜く見える。それでもなかなか間合いを詰めずにいるところを見ると、どうやら過去にも彼にこっぴどくやられたことがあるらしい。

しばらくののち、ようやく反撃の材料を見つけたとでもいうようにドゥアがニヤリと笑って言った。

「お前も半端もんのカマ野郎だから、同情してんのか」

言い終わるやいなや、少年の体が舞った。自分よりもずっと背の大きなドゥアに果敢に殴りかかる。乱闘が始まった。

「こいつ、やっちまえ！」ドゥアの仲間たちが一斉に彼に飛びかかった。

少年の動きは、華奢な体軀のどこからその力が出るのかと思うほど素早い。くるりくるりと身を翻し、ドゥアの拳を避けながら反撃する。しかし多勢に無勢では敵わない。引きずり倒され、たちまち地面に組み敷かれた。泥が跳ね、彼の白い頰を汚す。

「お前、調子にのるなよ」ドゥアの目には憎悪が燃えている。

「稼ぎがいいのだって、掏摸の腕前のおかげじゃねえって噂だぜ。薄汚ねぇおとこおんなが。本当かどうか確かめてやる」

ドゥアが彼の襟《えり》に手をかけた途端、頭上から大量の水が降ってきて二人は水びたしになった。

「うるさいねえ、こんなとこで喧嘩なんかすんじゃないよ！」ダミ声とともに、三階の窓から黒い人影がのぞいた。「次は煮えた油をひっかけるよ」

孤児たちはしぶしぶ解散した。ドゥアも振り返り振り返り、去ってゆく。僕と、彼だけを路地裏に残して。

さっきまで地面に組み伏せられていた少年は、その事実を打ち消すかのように勢いよく立ち上がると、座り込んだままの僕に近づいてきた。

「大丈夫か」

彼は手を差し出した。

「気にすんな、ドゥアはよそ者が嫌いなんだ……特に〝混じりもん〟が」

混じりもん――その中に彼自身が含まれることに、僕は彼の顔を間近に見て初めて気づいた。考えなしにパーツを転がしたような南方系の顔つきとは明らかに異なる。目鼻の稜線は切り立ち、薄い唇は紅を引いたように赤い。――西方系だろうか。

「今度からは、追われても狭いところに逃げ込むなよ。誰も助けてくれねえぞ」

恐怖で動けないと勘違いしたのか、少年は僕の手を摑むとぐい、と引いて立ち上がらせた。

白く滑らかな見た目に反し、彼の手のひらは熱い。

「心配すんな、じきにあいつらも飽きる。……お前、名前は」

「ルゥ」

「ルゥ、か。俺はウォンビン」歌うような南方なまりで呼ばれた僕の名前が、耳の中を心地よくくすぐる。瞳は先ほどまでと変わらない意志の強さを漂わせながらも、今ではわずかに柔らかみを帯びている。

「よろしくな、ルゥ」

摑んだままの僕の手が、一層強く握られた。僕もとっさに握り返す。彼の、さっきまで険しかった表情が緩み、優しげな曲線に変わる。僕はこの街に来て以来、いや、両親の死以来はじめて、心の底を柔らかく押し広げられるような気持ちと、同時にこれまで覚えたことのないむず痒さを感じて、いつまでもその手を離せずにいた。


あの時の彼は随分大人びて見えた。同い年だと判明したのはしばらく後だ。

彼の家族は強盗に殺されたのだと、僕は親方から聞いた。深夜、家族で寝ているところを襲われ、用を足しに起きて外へ出ていたウォンビンだけが助かったらしい。この街では西方系の人間は金を持っていると思われていて、実際ウォンビンの両親は花南《ファナン》のあたりから運ばれてくる陶器の卸業をやっていたそうだから、貧しいながらも生活に困っていたわけではなかっただろう。しかし、狙うならもっと裕福な家があるはずだ。手狭な長屋暮らしの一家が命を落とすにはそれ以上の理由があったはずだが、僕には到底想像が及ばなかった。何より、彼自身が家族のことを頑なに話そうとしなかった。まるで、辛い過去には捉われるまいと振り切るように。

彼はいつも悠々と路を歩んだ。初めて出会った時から、その視線は自らの境遇を嘆いて地面に落とされることも、他人の中に自分と同じ薄暗い部分を探り当てようとひねた色を帯びるでもなく、ただ、まっすぐに路の先へと向けられていた。僕はこの彼の視線が、彼の人生のどの部分からやってきて、また未来のどこを目指しているのか、この時はまだ考えたこともなかった。ただ、帆のように胸を張り、マストのように背骨をまっすぐに立てて目の前をゆく彼の凛々しい背中を、眩しい思いで見つめていた。

今になって思う。彼がいたからこそ、僕はこの泥の底を這うようなこの街での生活を、なんとか乗り切れたのだ。


「あと、つけられてないだろうな」

前をゆくウォンビンが振り返りながら言う。僕たちが目指しているのは、アジトと呼んでいる秘密の場所だ。

地面に落ちた煉瓦の欠片《かけら》を踏まないよう注意しながら、僕たちは裏路地を奥へと進んだ。暗い影の中、どこの家からともなく茹でた卵の匂いと、耳をつんざくような赤子の泣き声が届く。指先を嗅ぐと、取り落とした魚の生臭いにおいがした。グゥ、と腹が鳴る。今日の昼飯は抜きだ。

やがて海に出た。コバルトブルーの海面は春の日差しを受け、柔らかな光をたたえている。堤防の向こうに広がる景色は、荒んだ生活とは無縁にいつも優しい。ウォンビンの歩みも、心なしか穏やかになる。

ハマヒルガオが無尽に繁茂する傾斜を降り、温かな砂に足を埋もれさせながら岩場を目指す。潮風が吹きつけ、肌をぬるく湿らせた。開けた砂地の先には、湾に沿う形で崖がそびえている。僕たちの目指すアジトはそこにある。

崖肌に沿って進むと、やがて岩壁に小さな洞穴が現れた。

中は広く、子供二人ならゆうに並んで歩けるほどの幅がある。突き当たりには小さな祭壇とともに、僕たちと同じくらいの背丈の海神の像が立っていた。遠い昔、この地方で祀られていた航海の守り神だ。下半身は鱗に覆われ、髪を豊かに伸ばしているが、その胸は平べったく、体つきも華奢で少年のようだ。視線は伏せられ、かすかな笑みを浮かべている。この地方の古い言い伝えには、男とも女ともつかない半陰半陽の神、獣と入り混じった神がたくさん登場する。神々の世界では崇められるにもかかわらず、なぜ「半端もの」は現実では貶《おとし》められるのだろう。多くが南方系の人間で構成されたこの街では、人々は快楽以外の何をも問わずに交じり合い、混血も多かったが、それでも出自にまつわる差別は厳然と存在する。

ウォンビンは像の足元の石を持ち上げると、「ほら、今日の分」と言ってビニール袋の中からいく枚かの札を取り出し僕に渡した。

「金以外は落としたって言えよ」

僕は彼をまじまじと見つめる。なぜ、彼は僕と一緒に居てくれるのだろう。ドゥアの言うとおり「半端ものゆえ」の同情なのか。

「気にしてるのか」僕の視線の意味を誤解したのか、彼は僕に微笑みかけた。形の良い唇が弓なりに持ち上がる。ウォンビンは僕の頭をぽん、と叩いた。

「次から気をつけろよ」

灰色のくすんだ光が岩の割け目からわずかに差し込み、彼の顔を照らす。この場所でなお、彼の肌は抜けるように白い。一年中強い日差しの降り注ぐこの南の街において、こんな肌の色をしているのは彼以外にいなかった。西方系の女はその滑らかな肌のせいで夜の世界でも高い値がつくのだと、下卑た大人たちの世間話から知っていた。彼のような肌の女から抱きしめられたらさぞかし気持ちがいいだろうと、女に触れた経験のない僕でも思う。

アジトを出ようとした時、不意に、ウォンビンが後ろから僕の腕をとった。

「お前、ここ、怪我してる」

見ると肘の皮膚が裂け、血が出ていた。さっき男に押し倒された時に擦りむいたらしい。まだ乾いておらず、赤い傷口がのぞいている。

「大したことないよ。舐めとけば治る」

僕は強がって見せた。頑張って舌を伸ばすが、なかなか肘先には届かない。見かねたウォンビンが再び腕をとった。屈み込み、肘に口付ける。

唇の柔らかな感触が、薄い皮膚の上をすべった。僕は呻いた。舌の触れた箇所にちりりとした痛みが走る。

「沁みるか、」ウォンビンは上目遣いで僕を見る。濡れた舌が剝き出しの粘膜に吸いつく。痛みなのか、くすぐったさなのか分からない感覚が、僕の体に熱を宿す。

「……ううん」

腕を引こうとするが、ウォンビンは摑まえて離さない。体をすくませ、黙ってむず痒さに耐える。

やがて顔を上げると彼は言った。

「後でミミんとこ行って軟膏塗ってもらおうぜ。もうすぐ夏だ。消毒しておかないと、あとで腐る」

短い雨が降り、濁った夕陽が海の向こうに沈むと、騒めきとともに夜がやってくる。涼しい風の吹き抜ける路の上には点々と灯がともり、そぞろ歩く人々の顔をぼんやりと照らした。

　ウォンビンと僕は飴を舐めなめ通りを歩いた。川沿いに近づくほど、街に漂う歓楽の香りが濃くなる。灯《あかり》よりも眩しい白銀の月が頭上を照らす頃には、毒々しいネオンの花がそこここに咲き、激しい日差しから身を隠していた人々が、欲望に駆られて建物の裡《うち》から姿を現す。

　川べりの三叉路では、ミミがいつものように影絵を操っていた。周りには人だかりができている。

　ミミは僕たちよりも少し年かさの少女だ。毎晩ここで金を稼いでいる。父親は生まれた時からすでに行方知れずで、母親は女手一つで彼女を育てたが、数年前に亡くなったと聞いていた。

　大人も子供も、蛍色に光るスクリーンの上で揺らめく影絵に夢中になっている。演目はこの地方特有の精霊伝承だ。影たちは彼女の手にかかれば自在に伸び縮みし、人間以上に生き生きと跳び回り、幻想的なスペクタクルを演じて見せる。見せ場ごとに喝采が起き、小銭が投げられる。

　上演が終わったミミが近づいてきた。黄色いリボンで長い髪を一つに結わえ、額を露わにしている。熱い紅茶を思わせる肌、亜麻色の豊かな髪。瞳は高台から見下ろす浅瀬のような瑠璃色だ。肌の色は異なるものの、きりりとした顔立ちはウォンビンと似ていて、西方系の血が混じっていることが分かる。

「大丈夫？　また怪我したの？」ミミは僕たちを見て心配そうに言った。

「僕がへましたんだ」僕は言った。「ウォンビンは巻き添えを食らった」

「たいしたことねぇよ」ウォンビンはそっぽを向いた。

「もっと慎重になんなきゃダメよ。最近、この辺の大人たち、荒れてんの。隣街に新しい港ができるせいで、ここの仕事が一層なくなるんじゃないかって怯えてる。その上、咬狗党《ゴウクトウ》のやつらも代替わりで殺気立ってる。目をつけられたら何をされるか」

僕たち孤児ギルドの上部は、この街を牛耳る咬狗党というやくざの下部組織とつながっていた。普段は掏摸稼業で糊口《ここう》を凌《しの》ぎながら、必要とあれば犯罪の手助けに駆り出される。この街で孤児として暮らすことは、そのまま将来の組入りを意味していた。

「それに、聞いたでしょ、最近は人さらいまで出るんだって」

ミミはおしゃべりを続けながらポケットから軟膏を取り出した。指先にたっぷりと取り、僕の傷に塗り込み始めた。気恥ずかしさに身をよじるが、彼女はなんてこともなさそうにしている。濃い薄荷の匂いが火照った顔を冷やし、頬の赤さまでは悟られずに済んだ。

「ウォンビンも塗ってあげる」

そう言って彼の腕に伸ばした手をウォンビンは払い退けた。

「よせよ、自分でやる」

その頬は月明かりの中でもわかるほど朱に染まっている。二人が並ぶとまるで神話の世界の姉弟のようだ。美しい亜麻色の髪の乙女に、金髪をなびかせて走る王子。ウォンビンはミミが好きなんだろうか、とふと思う。

僕たちは橋のたもとに座り込み、行き交う人々をぼんやりと眺めた。

「もうすぐ祭ね」ミミが通りに揺れる灯を眺めながら言う。

貧しさばかりの目立つこの街も、祭の季節にはかろうじて華やぐ。街じゅうにランタンが灯り、見物に来る人々で賑わい、通りは揚げ菓子の甘い匂いでいっぱいになる。辻には旅芸人の一座が立ち、通りのそこここで曲芸師や剣舞の踊り手が華やかな芸を披露しあう。その日は孤児たちにとって格好の稼ぎ時であるとともに、一年に一度のささやかな楽しみでもあった。

「今年はどんな屋台が立つのかな」

「楽しみだなぁ。毎年、西の門に出るファングーパオの屋台は美味しいんだ」

「ルゥは両親の三回忌だから、弔いの儀をやるでしょ？」

「そうだね」僕は答えた。ウーフェン叔母に骨をどこへやったか聞かなくちゃ、と思いながら。

この地域には特殊な風習がある。死者は死んですぐ荼毘《だび》に付されるが、その時に頭の骨の一つを取っておいて、小さな球状の香炉に詰め、三年後の祭で薬草と一緒に焚くのだ。それを持って死者の魂は煙とともに天に昇るという。子供である僕にとっては、その意味は深くはわからなかったが、祭壇の前にひれ伏し、涙を流しながら祈りを捧げる大人たちの姿を見ていると、聖廟の屋根の上、月明かりの中にもうもうと立ち昇る白い煙の中に死者の魂が見えるような気もした。僕が儀をやる時には両親のために上等の香炉を買おうと、日頃から思っていたのだ。

「……ウォンビンはどうするの？」ミミはちらりと彼を見た。

「ウォンビンの両親も、同じ三回忌でしょう」

「ウォンビンはさ、両親の骨、持ってるの？」僕も遠慮がちに聞いた。これまでその話題を出すのを避けていた。

「持ってない」ウォンビンは飴を口に突っ込んだまま、ぶっきらぼうに答えた。

「あいつらさ、しこたま借金背負ってたから、死んだ後の扱いときたらひでぇもんだったよ。方々から人がやってきて、あっというまに全部持ってっちまった。後にはネジ一本すら残らない。死体だって海にドボンさ。俺だって捕まって売りとばされそうだったところを、すんでのところで逃げ出したんだ」地面に視線を落とし、急くように淡々と述べる。

「だからさ、葬式すら挙げてねぇんだ」

「……そっか」彼自身が家族について語ったことに、少しの動揺を覚えながら返事をした。

気まずい沈黙が三人の間に流れる。

「それに」飴を口から離すと、彼はやけにはっきりとした口調で言った。

「もし骨があったとしても、俺は弔いの儀はやらなかったと思う。ルゥには悪いが、俺は魂だの何だのは信じちゃいねぇんだ。人間、死んだら終わりだよ。後には何も残らない」

「そんなことはないよ」とミミが反論する。

「魂は骨に宿るって言うでしょ？　死んだ人たちはきっと生きている人間を見守ってる。だから弔いが無駄なんてことは」

「だったら何で俺たちはこんな暮らししてんだよ」

ただならない怒気を含んだ声だった。ミミはびくっと震える。

「死んだ人間が俺たちを助けてくれるか？　……くだらねぇ。そんなものを信じて何になる。弔いだの何だのは、残された人間の自己満足だ。いいか、アテになるのはな、いつだって自分だけだ」

そう言い切るなり、ウォンビンは立ち上がって夜道を歩き出した。ミミが縋《すが》るような目で彼を見る。僕は彼女にお礼を言うと、慌てて彼の後を追った。

「ウォンビン、どうしたのさ」

彼は振り返りもせずに、人でごった返す夜市の通りを歩いて行く。

「待ってよ」人通りが切れたところで、僕は彼の腕を掴んだ。「両親のことを聞いて、気を悪くしたなら謝るよ」

ウォンビンはハッとして立ち止まると、振り返って僕を見た。

「別に、お前が謝ることじゃない。気分を害したわけでもない。……さっきのはただの本心だよ。本当に、何も感じないんだ」

「寂しくないの」

「どうだろうな」

ウォンビンはため息をついた。

「親父は昼から酒ばっかり飲んで、酔えばお袋や俺を殴った。お袋は殴られればすぐに別の男のところに行って、妹や弟の世話なんかろくに見ない。挙句、資金繰りに困れば俺たちを使って金を稼ごうとした。……そんなんだからさ、死んだところで、悲しい気持ちも湧いてこないんだ」

俯いた顔は暗がりに溶け、表情は分からない。

「お前さ、俺の家族は物盗りに殺された、って聞いてるだろ。あれな、本当のところはどうか分かんねえんだ。なんせあんな酷い死体見たのは初めてだって、近所じゅうのやつが言うんだ。……物盗りなら、あんなにひどく痛めつけたりは」

「本当の理由、知りたいと思う?」

「知ったってしょうがねぇよ」

再び彼の語気が荒ぶった。伏せられた目は地の上を彷徨《さまよ》っている。

「知ったところで、弟や妹たちが生き返るわけじゃねえ。家が戻ってくるわけでもねぇ。さっきも言ったろ。死んだら終わりだよ。後に残された人間にできるのは、せめて死んだやつらの二の舞にならないように、前を向いて、しっかり生きることだけさ。……ただ」

ウォンビンは顔を上げた。見たこともない憎悪の光がその目に差し込んでいた。

「弟や妹たちをあんな目に合わせたやつらのことは、俺は一生、許さないけどな」

彼の背後に茂るジャスミンの木が風にあおられてざわめき、大きく枝を震わせた。月光に照らされた花房はその一つ一つがまるで刃のように冴え冴えと光り、怖くさえ見える。花影の中、彼の青ざめた顔が浮かび上がる。

僕はかける言葉が見つからずに立ちすくんだ。これまで、同じ運命を共にする仲間だと思っていた彼が、急に遠い存在のように感じられた。目を逸らしでもすれば、彼はすぐさま遠いところへと駆けて行き、二度と戻らないような気さえした。かといって中途半端な慰めを口にすることは、かえって彼の尊厳を損なうようにも思えた。

彼はフゥ、と一息吐くと、目を逸らし
「だから、俺は弟たちのためにも、なんとかして絶対にこの場所から抜け出してみせるさ。死んだ人間のことを、嘆いてる場合じゃないんだ」と言った。

十字路で僕たちは手を振って別れた。ウォンビンは孤児たちの塒《ねぐら》へ、僕はウーフェン叔母のところへ。去り際、もう一度振り返ったが、彼はすでにごたごたと人影の混み合う路地に吸収され、気配すらも残されていなかった。

その日の晩、ウーフェン叔母の高いびきに追い立てられ、壁際に寝転んでからも、僕はなかなか寝付けなかった。瞼の暗がりの中に、赤い血に濡れたウォンビンの白い歯がちらつく。それはまるで僕の心にまで深く食い込んだようで、恐ろしさと同時になんとも言えない気持ちが湧いてきて、僕は体をくの字に曲げ、窓から差し込む月明かりをいつまでも見つめていた。


蠟のように熱くとろける夏の日差しを、上を向いた頬で感じていた。

僕を組み敷いた男は、自分の体から何かを追い出してしまいたいみたいに一心不乱に腰を打ち付けている。汗が絶え間なく飛び散り、胸や顔に降りかかって不快だった。マットレスは古く、男が体位を変えるごとにぎしぎしと唸って埃を吐き出し、渇いた喉を苛《さいな》む。

取り巻くあらゆる苦痛を、僕はどうにかやり過ごそうとしていた。耐えていれば済むことだ。目を閉じ、呼吸を止めて早く終わることを祈りながら意識を飛ばす。

男は様々な体位を試みるもののそれぞれ五分と持たず、最後は唐突に僕の腹の上に射精した。案の定、といったのは男の性器の形からで、こういう中間は太いが先にかけてペン先のように細るタイプは、最初は威勢が良くて色々試したがるが徐々に失速し、三回体勢を変える頃には尻すぼみで終わるのだと、僕はウーフェン叔母とその仲間の会話から知っていた。

男の粘っこい体液は、脇腹に流れず腹の上にいつまでも留まっている。僕はベッドから起き上がると、部屋の隅に落ちていたタオルで乱暴にふき取った。だらりと溢れ伝う感触に眉をひそめる。

男は煙草をくわえると、黴臭いシーツに再び寝そべった。端に腰掛けている僕を片足で蹴り付けてどかそうとする。

「どっかいけよ、ほら」

僕は立ち上がり、ズボンを穿く。腰のだるさと、さっきまで擦られていた粘膜の痛みが足の動きを鈍くする。もたもたしていると、男は僕の背を鬱陶しげに踵で小突いた。振り返り、彼の顔をじっと見る。男は舌打ちをして、ベッド脇に置いた財布から札を二枚取り出すと僕に突き出した。

「ほら、これでいいだろう」

「あんたが、どこかに行けば」

僕のなまりに気づき、彼は苦笑した。この部屋に入って初めて交わされた言葉だ。

いつも通りだ。ウーフェン叔母が僕のいる部屋に男を連れてきて、外から鍵をかける。彼女がどうやって交渉しているのか、どこで客を捕まえてきているのかはまるでわからなかった。抵抗すればひどく殴られることは、時折、青痣を作って帰ってくる叔母を見て知っていた。体の力を抜き、あとはされるがままになっていれば、痛みを最小限に抑えられる。今のところ、手酷い扱いを受けたことがないのが幸いだった。

おぞましいのは女物の服を僕に着せる客だ。化繊の下着やチュールのスカートを押し付けて着替えろと命じる。やせっぽちで色黒の僕に、こんなものを着せて一体何が良いのか。もっと、色が白くて、なよやかな体つきの——そこまで考えて、僕の脳裏には、いつも一緒の親友の姿が浮かぶ。男に好き放題されている間にも、想像するのは同じ衣装を身にまとったウォンビンの姿だ。

男はニヤニヤしながら僕を見上げている。

「俺はお前から部屋を借りたんじゃない。あの淫売に借りたんだ。どっちが出て行くかを決めるのはこの俺だ」

言い争う気はまるでなかった。こんなやつと同じ部屋にいるぐらいなら、皮膚の溶けそうな暑さでも外の方がマシだ。

扉に向かう僕に男は声をかけた。

「お前、東方系だな」

答えずに靴を履く。

「親が死んで、ウーフェンに押し付けられたのか。運のないやつだ」

運のなさで言えば、この街にいる人間は全員同じようなものだろう。僕はじっと男を見た。目は濁り、たるんだ肌には醜い黄疸が散っている。胸に彫りかけの刺青が、却って男の体軀のみすぼらしさを際立たせていた。全体の印象はどろりと締まりがなく、この街での彼の立ち位置が、僕や叔母からきっとそう遠くはないことを示している。

「あんたもね」

南方系のイントネーションではっきりとそう言った。男の投げつけた煙草が届く前に、僕は素早くドアを閉めると外に出た。


六月に入るとジメジメとした夏がやってきて、街全体がふやけた小籠包のように蒸れ切ってだらしなくなる。朝の光はすでに微細なグラデーションを描きながら、黄味がかった昼光へと変化しつつあった。幾千の花をつけたサンザシが、道端にモザイク模様の影を作り、小さな蜂たちをその花の中で慰撫《いぶ》している。

角を曲がったところでウォンビンに出くわした。

「ルゥ」

女物のピンクのタンクトップに、木綿の短いズボンを穿いている。どきりとした。先ほどまでの妄想が、現実にこぼれて像をなしたのかと。

「ミミのところに行こうぜ」

「ごめん、これから行くところがあるんだ。ミスンさんの使いで」

「何処《どこ》に、」

「盲梟婆《モウリウバ》のとこ」

ちっ、とウォンビンは舌打ちした。

「あのインチキばばあんとこか」

そう言いながらも、隣を歩く足を止める気配はない。

隣に住むミスンおばさんは、僕に使いをよく頼む。夏だというのにひどい風邪を引いた彼女は、自分の息子に街外れにある薬局まで薬を取りに行くよう言いつけたのだが、彼は行くのを嫌がったから、僕が揚げ餅一つと引き換えにその役目を引き受けたのだ。

午睡にまどろむ街はしんと静まり返り、人影ひとつない。どこかから茶葉を煮るむっとする匂いと、老人たちが駒棋を打つ乾いた音がする。あまりの暑さに家々は戸口を開け放ち、だらしなく中身を外にさらしている。その奥の暗がりに、何かが蠢《うごめ》く気配がある。

路の脇では果物店がやる気のなさそうに棚を広げていた。店頭に並んだランブータンは、女の腹のように白くみずみずしい果肉を皮の裂け目から覗かせている。喰われたい。熟れた果実の甘い匂いは生殖の誘いだ。とことん受け身なようでいて、彼らは狡猾に繁殖の望みを果たす。食った生き物に種を運ばせ、種をつなぐための傲慢な罠。

ウォンビンは店主の目を盗んでランブータンの実を素早く一つ掠め取ると、ろくに剝かずに口に放り込んだ。透明な汁が白い果肉からこぼれ出し、彼の喉元を伝う。彼の過剰に粗暴な振る舞いは、彼なりの防衛策なのかもしれない。隙あらば欲望を剝き出しにして支配しようとするこの街の大人たち、そして同年代の子供たちから身を守るため。柔らかな果実が、自らを守るために棘《とげ》を身に纏うように。

連れ立って歩いていると、路の脇から男が飛び出してきた。あっと叫んでウォンビンがつんのめる。男は僕たちのことなど気にもとめず、反対側の路に転がりこんだ。体を左右に大きく揺らし、ふらふらとした足取りで暗がりへ消えてゆく。土気色の顔を白粉《おしろい》で覆い、それでも隠しきれない皮膚病の痕が蚯蚓《みみず》のように顔を這っていた。全てを諦めたような、だらしなく膨らんだ腰つきから、この界隈で商売する男であることが一目でわかった。あぶねぇな、とウォンビンが吐き捨てる。

「今のやつ、見たことある……咬狗党の一人だ」

海に近いこの場所は、行き場のなくなった人間たちが最後に寄り集まり、男も女も関係なく春を鬻《ひさ》ぐ区画だった。同性に身を売る者は、この街では底辺の扱いを受ける。

「なんであんな風に、」

「おおかた仕事でへまでもしたんだろう」ウォンビンは淡々と言い放つ。

「他に売るもんがなけりゃ、仕方ないさ」

ウォンビンは他の孤児たちのように、この界隈の男たちに汚い言葉を投げつけたり、あざ笑ったりはしない。いつだったか、シャオイーが男に向かって石を投げたのを彼がひどく叱ったことがあった。「ほっといてやれよ。他人の商売の邪魔すんな」と。

ウォンビンのような人間は、人から顔を背けたくなるような惨めさとも、後ろ暗い商売ともきっと無縁なのだろう。僕は自分の無力を恥じる気持ちで、ひしゃげたトタン屋根の並ぶ景色の中を背を丸めながらのろのろと歩いた。

「盲梟堂薬局《モウリウドウ》」はこの地区の東の端の端、海沿いのくすんだバラック小屋の立ち並ぶ通りにあった。

海から吹きつける潮風によって、家々の壁は赤くただれている。崩れた屋根や壁を直しもせず、どこかから流れ着いた人々が勝手に住み着き、自堕落《じだらく》に生命活動を営んでいた。近くの露台から、目病み者の爪弾く物悲しいソンタウの音色が流れて来、雨立ちのように路上の熱気を削いでゆく。

盲梟婆の店は中でもひときわみすぼらしかった。ぎょっとするほど細かな刺繍の施された布が扉の代わりに戸口に垂らされている。弦模様は魔除けの意味合いだそうだ。店主自体は看板も出さないほどの商売無精なのに（店名すらも誰かが勝手に呼び始めた通り名だ）、街の住人でこの店を知らぬ者はなかった。貧しい人間ほど呪《まじな》いの類を信じる。僕たちの地区はそれが一層顕著で、東西南北入り混じったやや怪奇的な信仰や呪術が、広く人々の間で実践されていた。ただし怠惰な人間の群れだからこそ、その効き目に関しては皆ルーズで、そのためどこから湧いてきたともわからない人々が平気で看板を掲げ、怪しい商売がまかり通っていた。ミスンさんは南方系だから、自分と同じ浅黒い肌に翠緑《すいりょく》の目をした彼女をとりわけ信頼するのだろう。もっとも盲梟婆の眼はとっくの昔に光を通さず、濁った白い球が二つ、鋭い鷲鼻の上にぎょろりと突き出ているだけだけど。

ウォンビンは店の前まで来ると、鼻を押さえて「くさい」と言った。この薬草の臭いが人を惑わせ、インチキを信じこませるのだ、とも。怖いものしらずの彼が、なぜか盲梟婆のことだけは毛嫌いして近づこうとしない。店の戸口に置かれたベンチに座り込むと「お前の用事が終わるまでここで待ってる」と言った。僕は一人、恐る恐る中へと足を踏み入れた。

薬局の中は薄暗く、聖廟のようにひやりとしている。人の気配はない。屋根にところどころ空いた穴から光が差し込み、壁際に並ぶ薬棚を朧《おぼろ》げに浮かび上がらせている。重だるい獣油の匂い、乾燥したハーブの強い香りが店内に充満し、鼻孔を無理やりこじ開ける。立っているだけで眩暈《めまい》がしそうだ。薄荷《はっか》や八角《はっかく》やクローブのチリチリとした香りは、吸い込むだけで体内に根を張り、芽を出しそうなほど生き生きとして、すでに命を失っているものの香りとは思えない。

だんだん暗さに目が慣れ、店内の様子がわかってきた。棚にはぎっしりと薬瓶が詰め込まれ、何だか分からない植物の根や茎、どろりとした液体で満たされている。並ぶのは薬瓶ばかりではない。毛の生えた小さな何かの手、折られた何かのくちばし、丸くて白い拳状の物体。それらはよく見るといびつな穴が穿《うが》たれており、顔を近づけてみて、ようやくそれが動物の骨だと気付く。肉をなくした獣の頭は自分がそこに置かれることとなった運命を呪うように、眼窩《がんか》に濃い闇を溜め、見る者を睨んでいる。

がたん、と音がして僕は驚きのあまり飛び上がった。店の奥、紙の束に埋もれるようにして人影が動いている。

盲梟婆だった。白髪を後ろで束ね、前髪もまた皺だらけの顔を覆うように長く伸ばしている。椅子に正座した彼女の背はひどく曲がり、突き出た巨大な頭部が小さな体のほとんどを隠している。

「ミスンとこの子じゃないね」

しわがれた声で彼女は言った。

「僕は代理です」そう告げると彼女は後ろを振り返り、背後の机の引き出しから茶色い袋を取り出した。

「これだね」

再びこちらを向いた彼女の目は、羽化したてのセミのように青く透きとおっていて、僕はおもわずその目を凝視する。眼窩から飛び出たそれは僕の体を丸ごとその表面に映し、はっきりと姿を捉えているようだ。

街の人々は彼女を気味悪がり、普段は店に近づこうともしない。にもかかわらず、病気の時には皆が彼女を頼る。それは彼女の薬の調合の腕が確かなものであるからだ。また、それとは別に、彼女が絶大な信頼を寄せられている理由がもう一つあった。

そろりと近づき、薬の包みを受け取る。表に返された手に向かって、ポケットから取り出した硬貨を落とした。枯れ木のような腕とは対照的に、手のひらはふくふくと赤みが差し、まるで子供の手のようだ。僕から硬貨を受け取ると、彼女はもう一度振り返り、引き出しにぢゃりりん、と落とした。彼女の動きは、瞽《めしい》とは思えないほど軽やかで無駄がない。まるで小さな老婆の体の中に、もう一人、働き者の少女が隠れているような。

すぐに退散しようとした僕を、彼女は後ろから呼び止めた。

「ウーフェンとこの貰い子だね」

ギョッとして振り返った。皺の寄った彼女の唇が、手招きするようにゆっくりと蠢いている。それを見た途端、僕は動けなくなった。彼女と僕の間を隔てるものは何もない。屋根の穴から差し込む、わずかな光の中を漂う埃だけが視界の中で動いている。

「名前は、」

「……ルゥ」

彼女はじっと動かない。気配だけで僕を探っている。やがて、その口の端にうっすらと笑みが浮かんだ。

「こっちに来なさい。占ってあげよう」

彼女のもう一つの能力は、これなのだ。

僕は言われるがままに近づいた。椅子に坐した彼女の顔と、僕の頭はちょうど同じくらいの高さである。細い指が伸びてきて、僕の額に触れた。髪を掻き分け、縫い目を探すように、頭蓋の上をそろりそろりと這ってゆく。頭のてっぺんから耳の裏を通り、後頭部の中心へ。指先はひんやりと冷たい。にもかかわらず、指の腹が置かれた場所は、途端に灸を据えられたように熱くなる。

顎から首筋を通り、胸元へ。一つ一つの骨の形をゆっくりと確かめながら、指先は皮膚の上を滑る。老婆の目は何も映さない。半分開いた唇は形を得ない言葉に震えている。僕は黙ってされるがままになっている。目を閉じると、指の触れた箇所から何かが皮膚を突き破り、体内に侵入してくる心地がした。嫌な気はしない。快くさえある。水と間違えて叔母の焼酎を飲んだ時の、酩酊にも似た心地よい眩暈。しかし意識ははっきりと、彼女の指の動きを数ミリ単位で捉えている。

「後ろを向いて」

鎖骨を通り、今度は背骨へ。珠の首飾りか、棚に置かれた動物の骨にでもなったような気分で、僕は彼女の指の侵食を受け入れる。意識すらしたことのない、肉の中に埋れた僕自身の形が、彼女の手により暴かれていく。

老婆は一通りの骨をたどり終えると、僕を再び自分の方へ向かせてこう言った。

「良い骨をしているね」

彼女は生まれつき凄まじく鋭敏な感覚の指を持っていて、それゆえに他人の体に触れるだけでその人の悪いところを言い当てるというのがもっぱらの噂だった。それだけではない。相手の運命や運勢、そういったものまで全て、骨の形から読み取るというのだ。その評判はこの街の人間のみならず、遠くの人々にまで知られていた。

「母が恋しいかい、」

僕は返事ができなかった。どう答えていいかわからなかった。

「置かれた環境を、嘆いているかい」

なかなか言葉を発さずにいると

「いいかい、子弾《ジーダン》」老婆はこの地方特有の、子供、特に悪餓鬼を意味する呼称で僕を呼んだ。

「頭蓋というのは二十三のパーツで出来ている。それらがうまいこと組み合わさって、丸い球の形を作っている。頑なようで、実は常に動いているんだ。悪いことを考えれば頭蓋はこわばって硬くなる。意気地のない人間の骨はぶよぶよして水っぽい。骨は正直さ。ほんの少しの歪み、こわばり、きしみに、その人間の生き様が全て現れる。……お前さんは自分の骨を見たことがあるか？」

僕は再び首を振る。

「そりゃそうだ。誰も自分の骨など見たことはありゃせん。でもな、骨の方はお前さんの性分をよく見ている。生まれてからのお前さんの行い、性分、心根。全ては骨に刻まれている。だからね、子弾、骨を見れば、そいつがどんな人生を歩むか私にはわかるんだよ」

彼女は微笑んだ。急に、その小柄な体が何倍にも膨れ上がったように感じられた。

「母の胎内で作られ始めた時から、骨にはその人間の運命が刻まれ、育つにつれて年輪のように強く太くなってゆく。たとえ見目かたちが変わろうと、どんなに身分を誤魔化そうと、骨に刻まれたそいつの運命は、決してその人間を逃しはしないんだ」

彼女の声は壁向こうの潮騒《しおさい》と混じり合い、耳奥で何層にもほどけて響く。若い女の声のようにも、獣のうなり声のようにも、人ならざるもののようにも。

「逆に言えば、表面に現れているものなんぞ、その人間のごく一部じゃ。一見の幸福も、不幸も、一皮剝けばさしたる違いはない。肉に深く埋まった骨と同じ。……最後まで、本人にも分からん」

彼女は僕の頭を少し引き寄せると、僕の背後の戸口の方を見た。青白い二つの眼球は、壁の向こう、ウォンビンが座ったあたりに向けられている。

「友達を守っておやり」

彼女は僕の頭をそっと撫でた。今度は探るような手つきじゃない。温かで、力強い。

「お前さんの骨は優しい骨だ。誰かのために生きて初めて、強くなる。……骨の方も、それを望んでいるよ」


「不吉な老いぼれめ」

外に出てきた僕を見るなり、ウォンビンは吐き捨てるように言った。

「聞いてたのか、」

「いいや、まったく。聞きたくもないね」僕にお構いなしに、彼はずんずんと先に歩き出す。

直情的なウォンビンは嘘をつくのが下手だ。もっとも、彼が僕を騙すような真似をしたことなんて一度もないけれど。

「ウォンビンは占いも信じないの？」

「俺は何も信じねえよ」

いつもよりも語気が荒い。

「運命だの何だのは、人生を自分でどうにかすることを諦めた負け犬だけが口にすることだ。弱いから、インチキなやつにカモられるんだ」

「けど、ミスンさんのいとこの話、知ってる？　盲梟婆んトコに風疹の薬をもらいに行ったら、いきなり『床下を調べな』って言われたんだって。半信半疑で掘り返してみたら、五年前に事故で死んだ旦那のへそくりが床下からごっそり出てきたらしい。ミスンさんはそれを悔しがって、熱心にあの店に通ってるんだ」

「そんなの、死んだ亭主の方がこっそり盲梟婆にだけ打ち明けてたんだろう。あれだけ長く生きてりゃ、他の人間の知らないことの一つや二つも知ってるさ」

そう言ってからウォンビンはふと立ち止まり、何事かを考える仕草をした。

景色は陽炎にゆらぎ、一層色あせて見える。踊るように吹く潮風が不快に髪に絡まる。

「……ウォンビンは強いんだな」

俯きながら僕は言った。

「僕はさ、もし両親が生きていたら今頃どうなっていただろう、って未だに考えちゃうんだ。……これが本当に、僕の運命なんだろうか、今頃、もう一つの人生が、あったんじゃないかって。はは、カッコ悪いよな」

ウォンビンが振り返る気配がした。

僕は彼の顔を見られない。

不意に、目の前に手のひらが差し出された。僕は黙ってその手を握る。

僕たちは手をつないだまま、黙って歩き出す。

「なあ、ルゥ、過ぎたことを振り返るのはやめないか」

軽やかな口調で、前をゆくウォンビンが言った。

「俺たちはさ、目の前の路の先のことだけを考えて、生きてゆけばいいんだ」

凸凹だらけの路を、彼は一歩一歩、確かな足取りで歩いて行く。

「お前は大丈夫だよ、ルゥ。お前はこんなとこにずっといる人間じゃない。俺が保証する」

「何でそう思うの」

「……何となく」

彼の鼓動が手のひらを通じて僕の中にも伝わる。僕は大きく息を吐いた。

「たとえ、運命なんてもんがあったとしても……俺はお前の後ろに近づいてくるそいつの後ろに回り込んで、思いっきりケツを蹴っ飛ばしてやるさ」

僕は笑って、彼の手を握り直した。


雨季が明けると、港街にはからりとした南風が吹く。浜は白く輝き、蒼い波が運んでくるクリームのように泡立つ波頭を穏やかに受け止めていた。夏色をした雲が、水平線の向こうにうっすらとグラデーションを作っている。

道端のブーゲンビリアは爆発するように咲き誇り、重たげに膨らんだ花房から包葉を散らす。花びらたちは路地に吹き抜ける風に乗って渦を巻き、初夏の陽光を乗せながら、視界に薄桃色の川を作る。

祭の季節だ。

僕は掏摸稼業に加え、祭の準備で忙しい商店の手伝いに精を出していた。香炉の金を稼ぐためだ。

ウォンビンとはしばらく会わない日が続いていた。僕と会わない間、彼がどこで何をしているかは知らなかった。孤児にとっても、人々の気持ちが弛緩するこの季節は稼ぎどきだ。使い走りのついでに駄賃をねだるもの、騙しの手口で観光客から金を巻き上げるもの、色々いた。ウォンビンだってきっと、何かの稼ぎに精を出しているはずだ。

ある日の昼、僕は大量の荷物を背負って通りを歩いていた。太陽は容赦なく照りつけ、額から流れ落ちる汗が目を潰す。あまりの重さに顔を上げることさえできない。通りは祭の準備で人が多く、ぶつからないように歩くので精一杯だ。

不意に、路の先、人いきれの中にウォンビンの姿が見えた。いつものように長い手足をぶらぶらさせ、しかしどことなく急ぎ足で、十字路を南に曲がって消えた。ついこの前、二人で歩いた海辺の区画の方へだ。何か用事でもあるのだろうか。追いかけて声をかけようかと思ったが、背の荷物が容赦なく肺を圧迫し、声を出すことすらままならなかった。

垣間見えた彼の横顔には、微かな翳《かげ》りがあるように思えた。僕がこれまで見たことのない翳りだった。それが気にかかったが、しかしその残像もたちまち行き交う人々に掻き消され、僕は仕方なく元の労働に戻って行った。

陽が落ち、濃紺の夜が家々の頭を覆う頃、道端にはランタンの灯がほつほつと光り始める。人々の視線を誘いながら、いくつも連なり、やがて天の川のような綺羅の帳《とばり》となって、通りの上を埋め尽くす。

祭だ。

店の軒に、木々の枝に、あらゆる場所に不規則に渡されたロープの下、赤い光を滲《にじ》ませて火袋が風に揺れ、人々の顔に影を遊ばせる。闇に滲む紅い無数の点は、通りのずっと先でひとかたまりになり、うっすらと中空を染めていた。人々は一つ一つ違うランタンの絵柄に気を取られ、熱に浮かされたような表情でぞろぞろと大通りを歩いて行く。

僕は香炉を両手で握りしめ、人の溢れる大通りを聖廟目指して歩いていた。本当は荒稼ぎにはもってこいだが、今日限りはそういう気分にとてもなれない。鳥や動物の形をした可憐な飴細工、機械の中を跳ね回るポン菓子、ふくふくとした湯気を溢れさせる、巨大な丸い蒸籠《せいろ》。路の両脇には食べ物の屋台が所狭《ところせま》しとひしめきあい、この上なく良い匂いを漂わせ、聖廟へと歩く人々の食欲をそそった。路の脇では老人たちがカードや麻雀に興じている。宝石の露天商たちは怪しげな煌めきを放つ石を溢れんばかりに並べ、女客の気を引いた。通りを練り歩く楽団の、涼やかな絃楽器の旋律がざわめきを切り裂き、その間に銅鑼《どら》の音が響き渡る。甲高い笛の音が極彩色の尾羽を引いて飛び立つ鳥のようにきらやかな余韻を長々と宙に残した。

今日ばかりは聖も邪もない。一年分の垢《あか》を洗い落とすかのように、卑しいものも、豊かなものも、溢れんばかりの幸福の気配に体を浸している。

聖廟に近づくに連れ、人混みは激しさを増した。路の脇には、死者への供え物である花篭を売る店が立ち並ぶ。普段はがめつい物売りたちも今日だけは表情が優しげだ。小銭と引き換えに花篭を渡しながら、祭特有の挨拶を口にし、死者を弔いに行く人々を送り出している。僕はその鮮やかさに見とれながら、ウォンビンもどこかで、この一年に一度の景色を楽しんでいるといいなと思った。今頃はきっと仲間たちとともに、酔客のポケットから財布を抜き、その金で水飴やら綿菓子やらにありついているはずだ。神さまも今日ぐらいはお目こぼしくださるだろう。

人だかりは渋滞し、ついに動かなくなった。香炉を焚き上げる時間帯は決まっている。このままでは間に合わない。裏路地をじぐざぐに駆ければ、大通りに沿って進むより近道になるかも知れない。僕は道脇に並ぶ屋台の間に割り込むと、細い路に体を滑り込ませた。

裏道には人影もなく、湿った排水の匂いが立ち上っている。さっきまでの喧騒が嘘のようだ。周囲を満たす闇は濃く、何かが飛び出してきそうな不気味さがある。

僕は足早に歩いた。あまりにも急いでいたので、見慣れた白い体が建物の隙間を過ぎてゆくのを危うく見逃しそうになった。

――ウォンビン?

長い髪、華奢な体つき。僕よりも少しだけ大きな背。間違いない、彼だ。

白い肢体は慣れたように、するすると建物の奥の闇に吸い込まれてゆく。僕は香炉をポケットに入れると、そっと後を追った。追いついて驚かせてやろうと思ったのだ。

彼の足取りは急くように疾《はや》い。気を抜くとその姿はたちまち見えなくなる。まずいな。僕は焦った。慣れない地区の暗い路地はあちこちに障害物が落ち、つまずかないようにするので精一杯だ。

やがて完全に彼を見失った。仕方がない。諦め、元来た路に戻ろうとした。早くしないと、聖廟の火が消えてしまう。

その時、すぐ近くの廃屋の中で微かな声がした。聞き慣れたソプラノが、誰かと話している。

僕はほっとした。同時に嬉しくなり、半分外れかけた扉の隙間から、中へと体を滑りこませる。打ち捨てられた家具、ひびの入った柱。かすかな月明かりが、半壊した天井から差し込み内部を照らしている。

崩れかけた煉瓦の壁の向こうに、ちらりとウォンビンの姿が覗いた。

「ウォンビン?」僕は更に近づいた。壁に反響する微かなざわめきが、彼の息遣いだということに気づく。その上に、もう一つの荒い息遣いが重なる。壁の向こうに見える体は小刻みに揺れている。

崩れた壁の向こうでは、巨大な男がウォンビンを犯していた。

男は低く呻きながら、彼の足の間に胴をめり込ませている。壁を向いたウォンビンの顔は見えない。今にも折れてしまいそうなほどに背をしならせ、後ろからの抽送に耐えている。腰のあたりには、いつものズボンの代わりに、どぎついピンク色のスリップドレスがまとわりついている。だらしなく垂れ下がったそれは、彼の体が揺れるたび軟体動物のように揺れ、縫い付けられたスパンコールが過剰に燦《きら》めきを放っている。


雲が退き、天井の亀裂から月光が一層差し込んだ。男の背中一面に彫られた模様が露わになる。睨み合う二匹の狼。咬狗党の下っ端がよく刺《い》れている模様だ。酒灼けで赤らんだ顔。張り付いた二匹の蛭のような、じっとりと澱んだ目がウォンビンの体の上に注がれている。男は壁に突いていたウォンビンの腕を一つに束ね、持ち上げると一層深く腰を進めた。項垂《うなだ》れていた彼の頭が、苦しそうな呻きとともに持ち上がる。

僕は息を飲んだ。彼の顔には、くっきりと、過剰なまでの化粧が施されていた。白粉をはたかれた顔は病的なまでに白い。赤い色が唇を際立たせ、激しく擦られたのか、いつかの血の跡のように頬にまで滲んでいる。どぎつい色にむしばまれた貌《かお》は別人のようでいて、彼の元の美しさを引き立ててもいた。いつかの、細い道から飛び出してきた商売男の顔が脳裏に蘇る。

「他に売るもんがなけりゃ、仕方ないさ」——そう言った時の彼は、一体どんな顔をしていたか。

僕は一歩も動けなかった。いつのまにか、自分が彼の姿を食い入るように見ていることすら気づいていなかった。目の前で起きていることを理解する前に、体がそれを選択していた。

男がウォンビンの顎を摑んで振り返らせた。彼は男を淫らな——僕がこれまで一度も見たことのない表情で——見つめる。やがて二人は口付けた。彼の赤い舌が、男の蛭のような舌と絡み合う。いつかの、肘に口付けられた時のむず痒い感覚が、彼の半開きの濡れた唇から注がれたように体の芯に流れ込み、固くする。

彼がちらりとこちらを見た。壁越しに僕と目が合う。月明かりの中、黒い縁取りをされた目が見開かれる。

「あ、」

途端に彼は男を突き飛ばした。刺さっていたものが抜け、その拍子に先端から雫が散る。男は呻き声をあげて後方に倒れた。下半身を露わにしたまま立ち尽くすウォンビンの下肢を、粘りあるものが濡らしている。

僕は口を開き、何かを言おうとした。目の前の親友を落ちつかせる言葉を。いつも彼がそうしてくれるように。だが何も言えなかった。喉は狭まり、舌は干からびて何の言葉も運んではこない。

「……ウォ、ン、ビン」

かろうじて喉の奥から彼の名前を絞り出したその時、彼は身を翻し、建物の奥へと駆け出した。

「あ、おい、てめえ!」尻餅をついた男が叫ぶ。「まだ終わってねぇぞ!」慌てて僕は彼を追った。男の喚き声が、背後からドスのように飛んでくる。

壁の穴から外に飛び出したウォンビンは家々の間を一心不乱に駆けて行く。細い路地を物ともせず、こちらを振り返ることもなく。僕は必死に追いかけたが、彼の足には追いつかない。路のひび割れに足を取られて蹴つまずいた一瞬のうちに、彼はひらりと塀を越え、向こう側へと消えた。僕と彼の間に、白い肢体の残像と、深く深く、どこまでもぬかるむ泥のような闇を残して。

それが、僕がウォンビンを見た最後だった。

第二章

白い傷痕のように、川の跡が街の中心を縦に走っている。

貧しさと豊かさ、正しさと卑しさ、人間の理知が働く世界と、本能のまま暴力と欺《あざむ》きの横行する泥底の世界。それら二つを分け隔て、それぞれを守るように。もしくは、新しい地と古い地をならし、両者をつなぐように。


遠くに響く犬の吠え声に参考書からふと顔を上げた僕は、目の前の窓の外にひろがる夜がいつもとちがう気配をたたえていることに気づいた。もうすぐ夜の三時になる。古い木机のひきだしに参考書とノートをしまい、父にもらったガラスのインク壜に注意深く蓋をして、僕は腕を伸ばした。軽い眩暈とともに、血流が頭から退いてゆく。

真鍮のデスクランプは飴色の柔和な光を部屋の壁に伸ばしている。階下は静まり返り、なんの音も聞こえて来ない。母が毎日替えてくれる、清潔な香りのするベッドシーツを横目に、寝巻きの上にジャケットを羽織り、出かける準備をした。受験勉強で興奮した頭は、たとえ上等の羽毛の詰まったふかふかの枕に埋めたとしてもすぐには眠りに落ちない。

足音を立てないよう慎重に階段を降り、父母の寝室の前を通り抜ける。玄関で履き慣れたスニーカーにそうっと足を滑り込ませると、分厚いドアを押し開け、僕は外に出た。途端に、夜気がひんやりと肌に沁み入ってくる。

ウォンビンが僕の前から消えてすぐ、ウーフェン叔母が死んだ。多分、男に捨てられたのが原因じゃないかと思う。僕が稼ぎを終えて家に帰ると、ドアノブで首をくくって死んでいた。内側に死体のぶら下がったドアを押す、あの時の重たい感触は、今でも肩甲骨の下あたりにかすかに残っている。僕は正真正銘の孤児になった。

叔母が死んだ二、三日後、憲兵服を着た男たちがこの街に押し寄せ、通りにたむろする子供たちを一斉に捕まえた。数年前に中央で起きた近代化改革の波が、いよいよ辺境にまで届いたのだ。行政による大規模な「孤児狩り」——サミットを控え、国が目指したのは犯罪率の低下と衛生の改善、そして教育水準の底上げだった。国の発展のためには子供の教育が不可欠であると、政府のお偉いさん方はようやく気づいたみたいだ。彼らはかたっぱしから身寄りのない子供を捕まえては養護院にぶち込んだ。

小さいのも大きいのも、バカなのも知恵の回るのも、丈夫なのもそうでないのも。中には孤児ではないのに間違えて捕らえられ、毎日のように泣きながら帰宅を乞う不幸な子供もいた。国が発展する際には、どうやら多少の混乱と犠牲はつきものみたいだ。

僕が連れてこられたのは、潮夏市の丘の上にある新しくできた養護院だった。おかげで僕はウォンビンを探すことも、さよならを言うこともできなかった。僕は養護院の大人たちに僕と同い年くらいの金髪の少年を見なかったか、と尋ねたが、彼らは黙って首を振るだけだった。あそこにいた孤児たちの中で、この施設に連れて来られたのは僕だけだった。

彼は一体、どこに消えてしまったのだろう。

養護院での生活は、決して悪くはなかった。横一列に並べられた清潔なベッド、一日三度の栄養ある食事、真新しい服。少なくともこれまでの生活に比べたらずっとマシだ。これまで僕たちの頭上を占めていた、理不尽な暴力やただれた倫理に取って代わり、国の上層部の大人たちが制定した新しい文化的規範が僕たちを支配し始めた。「文化的な生活、文化的な国民」――近代国家の仲間入りを目指す、この国の新たなスローガンだ。もちろん、これまでそんなものとは程遠いところにいた子供達が突然集められたのだから、それらが浸透するのには時間がかかった。大人たちの目の届かないところでは相変わらず暴力が横行し、後ろ暗い取引が行われていたものの、ウォンビンと過ごした日々は、いつのまにか僕に、それに巻き込まれないだけの胆力を身につけさせていた。おかげで僕は、歳の近い子供たちからは一線を引き、粛々と一人、この新たな暮らしに順応することができた。

その結果、僕は〝彼ら〟と出会うことになる。

あの、文化的な温もりのある、二人の優しげな眼差し！――それが僕に初めて降り注いだ瞬間のことを、僕は今でもありありと覚えている。院長室に連れて来られた僕に向かって、彼らは微笑みかけた。こんな風に柔らかな目つきの人間がこの世に存在すること自体、僕にとっては信じがたいことだった。それまで僕が大人たちから受けて来た視線は、彼等にとって僕が役に立つかどうか、それとも暴力の矛先として十分に機能するかどうか、その二つを値踏みするためのものでしかなかったからだ。

見上げる僕に向かって、背の高い男の人の方が手を伸ばした。僕は殴られると思い、とっさに顔をかばった。彼は少し悲しそうな顔をし、次に、僕の目線の高さまでかがむと、僕の背に手を回してそうっと優しく撫でた。まるで凝り固まった筋肉を、優しく解くような手つきで。

「もう大丈夫だよ」

彼らの後ろで、院長が満足げに言った。

「彼はうちの子たちの中でもとりわけ品行方正ですよ。なんというかね、土台が違うんだ。見たら分かるでしょう？　きっと、あなた方の良い家族になる」

僕のいた施設は潮夏で初めての養護院で、外国帰りの宣教師が院長を務めていた。僕の養父母がここを訪れたのも院長とのつながりがあってのことだ。彼らは海外の大学を卒業し、数年間その地で教師として勤めた後、祖国で教えを広めるべく帰国した。子供のいない彼らに、旧知である養護院の院長は養子を取るよう勧めたのだ。

養護院の門を出て車に乗り込む瞬間、丘の下の景色が目に入った。遠くの方に、くすんだあの街の姿が見えた。そんな風にあの街を眺めたのは初めてのことだった。

これから連れて行かれる場所がどんなところなのかはまるでわからなかったが、僕は、これまで浸かりきっていたあの汚い世界──貧しさと暴力、諦めが膿み腐るあの街の倫理から、今後一切、自分が分断されることを胃の腑の底で予期した。それは喜ばしいことのはずなのに、なぜだかこの時、自分がとても大切なものから引き剥がされてしまうような気がして、大きな悲しみと不安がこみ上げた。僕の半身を占めていた大切な要素が、根元から切り落とされたとかげの尻尾のように、僕の背後に横たわり、僕の気配をいつまでも伺っているような気がした。

そんなことは知るよしもない養父《とう》さんと養母《かあ》さんの手によって、僕は来た時と同じく、なにも持たず、身一つで新しい世界に迎え入れられた。──いや、違う。小さな香炉に入れた、父さんと母さんの骨だけを持って。

結局あの日、僕はそれを焼くことができなかったのだ。

なぜ、僕だけがあの泥の底から掬い出されたのだろう？

しばらくの間、僕はこの急に訪れた幸運を享受していいものかどうかためらってい

た。しかし、そんなやわな考えはすぐにかき消されることになった。何せ僕には覚え

ること、やるべきことが山ほどあった。

新品の家具で整えられた、感じのいい子供部屋。ぴかぴかの筆記用具、真っ白なス

ニーカー。僕を〝まっとうな〟人間たらしめるために必要なありったけの素材が、養

父母によって用意されていた。養父母は正しく、優しい人々だった。常にゆとりのあ

る視線で僕を包み、あたたかな言葉をかけ、僕がすぐに順応できない事柄があっても、

決して腹を立てたりしなかった。ついうっかり汚してしまった服でさえ、愛情を注ぐ

絶好の機会を得たとばかりに輝く瞳で見つめるのだ。彼らのありったけの慈愛の中、

僕は与えられた安全で心地良い環境を彼らに求められるとおりに「適切に」享受しよ

うとした。そう、あたかも、突然上流から流れ来た豊かな水で、皮膚の内側に染み付

いた汚れを洗い落とすかのように。

しかし……このように何不自由のない暮らしを享受しながらも、僕はどこかで、こ

の甘やかさに骨の髄から浸り切ることを恐れていた。

「正しい事をしなさい」が両親の口癖だった。

「過去の行いは、未来の正しさによって償われるのだから。過去にいかなる過ちを犯そうとも、あなたは今から、正しい人間で居られるのですよ」

正しさとは一体、何だろう?

こうして七年の月日が経ち、十七歳になった今でさえ——学校に通い、両親の助けを借りて優秀な成績を収めるようになった今でさえも(他の子供たちとの差を、僕は驚くべき速さで克服した)——僕は自分の行いが「正しい」のかどうか、確信が持てなかった。養父母の定めた「正しい行い」を、あたかも自分の意思で、生まれてからずっとそうしていたかのように実行しようとした時、僕は決まって体の中で、白い骨がきしきしと鳴るのを聞いた。

——骨に刻まれた運命は、決してお前さんを逃がしはしないのさ——

ただの馬鹿げた妄想かもしれない。けれど、どこで何をしていても——級友たちと学校帰りに歩き食いしていても、体育館でバスケットボールを追いかけていても、教室の窓から五月の日差しの降り注ぐ校庭を眺めていても——その音が聞こえた途端、脳の芯はひやりと冷たくなり、体の中で何かがざわざわと動き出すのを感じるのだった。

剝きたてのリンゴのようにみずみずしい白さの月が、南西の空に浮かんでいる。僕は家の門をくぐると、どちらとも定めずに歩き出した。一歩踏み出すごとに、受験勉強で倦み疲れた脳が少しずつ熱を放ち、醒《さ》めてゆく。リラックスのために夜間に散歩をするのはぼくの日課だ。高い学費と惜しみない愛情を注がれ、学校に行くことを許された養子が取るべき選択肢といえば、昼夜問わず勉学に集中することだけだ。そんな〝正しい〟生活の中で、深夜の散歩は唯一、僕が僕自身に許したささやかな愉しみだった。

秋風がひやりと首筋を撫でる。路は清潔に舗装され、静けさを冷たいアスファルトの上に溜めながら、つるりとした塀の間をどこまでも真っ直ぐに伸びていた。街路樹は昼間よりもゆったりと葉を垂らし、街灯の下に銀色の縁を光らせている。あたりに生き物の気配はまったくない。

行政が慌てて行った開発のおかげで、潮夏市はモザイクのように新旧のエリアが入り乱れていた。僕たちの住む高級住宅街から三十分も歩けば、旧市街のあの貧しいエリアに入る。

とはいえ、僕がそこに近づいたことはこの七年間で一度もなかった。両親に固く禁じられていたからだ。

この街が貿易経済開発特区に指定されたのは五年前のことだ。大規模な開発が始まり、居住区の整備や衛生の改善、図書館や病院の建設が瞬く間に進んだ。旧港のほど近くに新たな港が建設され、経済の拠点はそちらへと移った。陽の光に燦然と輝く銀色のビルヂングがニョキニョキと街の上に頭をもたげ、巨大なショッピング・モールやアリーナが、これまで街にひしめいていた雑居ビルをそのどでかい図体で押しのけ、我が物顔で陣取った。子供の頃から見慣れた海でさえ、この何もかもが真新しい景色越しにでは、新調されたように輝いて見えた。西洋から流入したこの直線的で無菌的な生活に、人々はあっという間に肉体を順応させた。埃っぽい地面の上で飯をかきこみ、人力車に乗って生活していた人々は、まるで百年前からこの生活を続けてきたというような顔をして、流行服に身を包み、真新しい舗道をせかせかと歩んだ。

一方で、乞骨街はたちの悪い病巣を切り離すようにして開発から取り残された。漁業の大半は新港にすっかり取られ、それまで旧港周辺の経済のおこぼれをかき集めて生きながらえていた乞骨街の生活は、一層苦しく、貧しいものとなった。人々は潮風に赤茶けたボロボロのバラック小屋に体を押し込め、泥の底からわずかに気泡を吐くような暮らしを続けていた。

話を戻すと、両親は溢れる愛情で僕を包み、なに不自由ない暮らしを送らせてくれたが、ただ一つ、あの街に近づくことだけは禁じていた。貧困層への差別意識からではない。僕の身を案ずるあまりだ。

もちろん僕はその言いつけを守った。彼らを心配させるのは本意ではなかったし、何より僕にはそんな時間などなかった。過去を捨て生き直すということは、そうさせてくれた者の厚意に全力で応えることだと思っていた。

ただ、時々――あの、骨の軋む感覚をどうしても消し去ることができない時、僕は学校からの帰り道、雑居ビルに勝手に入り込み、屋上からあのゴミゴミとした自分の故郷を見渡すことがあった。かつて乞骨街と新興地区を隔てていたどぶ川は埋め立てられ、地下水路に変わっていた。川のあちら側には、赤茶けたバラックがひしめき合い、指で突けばたちどころに将棋倒しになりそうな様相を見せていた。古い毛布のように、それは懐かしさを覚えさせたが、決して僕をそちらに誘い戻すことはなかった。こちら側の清潔な秩序に包まれ、保護された僕が、あの暗い、元居た世界にわざわざ引き返す意義など、この世界のどこを探したところで見出せそうにもなかった。


突然、分厚いガラスの割れるがしゃん、という音と犬の吠え声が響き、僕は驚いてそちらを見た。次の瞬間、数軒先の瀟洒な洋風住宅の三階の窓にパッと明かりがつき、ご婦人の金切り声が静かな住宅地一帯に響き渡った。

僕はこの時、麻の寝巻きにジャケットを羽織り、足元は帆布製の夏用スニーカーといういでたちだったから、面倒ごとに立ち向かうには少々心もとない気がしたが、養父母に与えられた後付けの正義感とほんの少しの野次馬心もあり、音のした方に駆け出した。

邸宅は堅牢な塀に囲まれ、中の様子はわからない。塀伝いに歩いて門扉を探す。やにわにバタバタという複数の足音が塀の内側から聞こえたかと思うと、頭上にぬぅっと黒い人影が現れた。驚く間もなかった。そいつはあろうことか、ぽかんと見上げる僕めがけてまっすぐに落ちてきた。とっさのことに避けきれず、僕は頭上からの衝撃をもろにくらって地面に叩きつけられた。

全身を打つ痛みに声も出ない。瞼の裏に星が瞬き、眩暈でしばらく起き上がれなかった。相手も同じらしく、僕に覆いかぶさったまま獣のように呻いている。

早くどいてくれ、そう思った瞬間、ふいに匂いが夜道に漂う金木犀の香りの隙間を縫って鼻孔に流れ込んだ。嗅ぎ覚えのある、懐かしい匂い。一瞬、それが記憶の中から吹きつけてきたものか、目の前にいる相手から漂ってくるものなのかわからなくなる。おびただしい数の、降り積もる記憶の枯れ葉たち、もう既に死んだものと思われていた山の中から、急にみずみずしい一枚の葉が時を超えて浮上し、目の前に現れたように。

「……っ」

相手は呻きながらも懸命に離れようとする。その腕を僕はとっさに摑んだ。相手はぎょっとして振り返り、力ずくで振り切ろうとした。ほんの数秒の間だった。もしこの時を逃していたら、永遠にことは起こらなかっただろう。彼は逃げ去り、僕と彼の運命は永遠に交わらなかったはずだ。けれどその瞬間、急に雲が晴れ、一筋の月明かりが頭上から注ぎ、僕と彼の顔かたちを互いに認めさせた。

僕は相手の顔を凝視した。相手も同じだった。涼しげな眦。月明かりを吸い、銀に近い輝きを持った柔らかな髪が、澄んだ鼻筋の上に揺れている。その奥から、見覚えのある大きな琥珀色の瞳が、僕の眼を捉えている。

「……ウォ、ン、ビン」記憶の底から拾い上げた名を、僕は唇に載せた。

その時、バタバタという大きな足音が路の向こうからこちらに向かってやってきた。相手はハッとしたように顔を上げると、すぐさま身を起こし、足音と反対方向に走り出そうとする。僕は思わず彼の腕を引いた。

「そっちじゃない。こっちだ」

動揺する彼を引きずるようにして、邸宅の間の細い路に飛び込む。そのまま僕の家の区画まで一目散に駆け出した。そこまでたどり着けば身を隠す場所はたくさんある。

僕たちは走りに走った。肺がちぎれるんじゃないかというほどに、息を吸って、吐いて。彼は黙って付いてくる。後ろからフラッシュライトの鋭敏な光と複数の重たげな靴音が追いかけてくる。長らく無関係に暮らしてきた、けれど決して忘れることのない、心臓の裏側をえぐるような、無遠慮な音。

走りながら、僕は不思議な心地に襲われた。一足ごとに頭の中の掛け金が外れ、記憶の底に埋めてきたものがあらわになった。七年の歳月をかけて忘れようとしてきたものが、決して少しも姿を変えずそこにあった。

清廉潔白な身の上、かすり傷すらない未来。これまでそれを摑むために、僕は必死に努力してきた。それは養父母のためだった。僕は彼らに感謝しながらも、どこか後ろめたい思いに囚われていた。しかし、いま、この、何からともわからない逃走に身をゆだね、ただ一つの肉体として疾駆する僕は、これまで作り上げてきた偽物の僕を追い抜き、あるがままの姿で存在している。

バスケットの試合でも、まっすぐなレーンを走る体育の陸上競技でも経験したことのない、この、生き延びるためだけの疾走がもたらす悦び——筋肉がしなり、足裏が微細な隆起を感知し、足首が絶妙の角度で曲がり、それを下腹が上半身に伝え、連動し、さらなる駆動を生む。

捕まれば命すら揺るがされる危機の中、僕は奇妙ながらも、これまで感じたことのないような生命的屹立《きつりつ》を感じていた。同時に自分でも気付かぬほど束の間に願っていた。彼とひた走るこの時が、永遠に終わらないで欲しいと。

空き地の垣根を飛び越え、他人の家の敷地を横切り、花壇を踏み荒らして、最終的に僕らはうちの近所の空き家のガレージに飛び込んだ。半分ほどシャッターの降りたガレージには前の家主が残した不用品が積み上がり、身を隠すのに申しぶんなかった。

僕はがらくたの隙間にへたり込み、荒く息を吐いた。冷たい空気を吸い込みすぎた肺が、しびれるような痛みを訴える。広げた四肢は鉛のように床にめり込み、動かせない。僕の横で、青年はガレージの壁に背をもたせかけて喘いでいる。僕は呼吸を無理やり整えた。筋肉を使い果たし、支えを失った体を必死の思いで起こす。一刻も早く、待ち焦がれていた質問をしたい。

「ウォンビンなのか」

相手は黙ったまま荒く息を吐いている。俯いた顔は暗がりに溶けてよく見えない。僕は不安になった。やがて、荒く響く息遣いが細かく震える笑い声へと変わった。聞き覚えのある、懐かしい響き。

僕はもう一度、ウォンビン、と短く彼の名を呼んだ。彼は顔を上げ、はっきりと僕を眼差した。さっき塀の上から降ってきた時の冷たい目ではなかった。子供の頃に慣れ親しんだ、あの目。冴え冴えと白い頬が、色素の薄い大きな瞳が、琥珀色の髪が、シャッターから差し込むわずかな月明かりの中に浮かび上がる。

「ルゥ、」彼の唇から、僕の名がこぼれた。おずおずと、まるで、長らく使い忘れていた声帯の一部をそっと震わせて、具合を確かめるように。

信じられなかった。奇跡だ。あの時から探し求めていた奇跡が、今、僕の目の前に、こうして現れている。

「ああ、そうだ」僕は答えた。全身はちきれそうな喜びに声を震わせながら。

「久しぶりだな」

彼は抱きついてきた。そのまま地面に倒れこむ。さっきとは違う種類の重みに僕の胸は固くなる。彼の息遣いが、柔らかな髪の毛先が、首筋に触れる。

「また会えると思わなかったよ」

起き上がり、僕たちはガレージの壁に体をもたせかけた。

「元気なのか？」

「見ての通りさ。すっかり悪党。お前は、」

ウォンビンは僕の体に視線を滑らせた。

「出世したなぁ、大尽《だいじん》」

「よせよ、運が良かったんだ。中身はちっとも変わっちゃいないさ」

「〝ちっぽけで怖がりのルゥ〟のままか」

ウォンビンは憎まれ口を叩いた。唇の端から八重歯が覗く。

「図体はだいぶでかくなったみたいだけどな」

いつのまにか、僕はウォンビンの身長をやすやすと超えていた。ちっぽけなルゥと呼ばれていた頃の貧相な骨格は、今や悠々とクラスメイトの頭を越えてダンクシュートを決められるまでになっていた。

対して、彼の方は子供の頃とさほど変わらないように思えた。いまや彼の顔は僕の肩の位置にある。僕は彼の姿をまじまじと見た。なよやかな肩の線や、腕一本で抱えきれる細く薄い胴は子供の頃と変わらない。反面、すらりと伸びた手足、シャツの襟元から覗く細い首は、以前と比べものにならないほど美しいディティールを彼の体に与えていた。唯一、十七歳にしてはややふっくらとした頬の上に、少年だった頃の面影がかすかに浮かんでいる。

そのことを認めた途端、僕の脳裏にあの時の光景が浮かんだ。最後に会った時の――群島のように骨の浮かぶ背中。荒い息遣い。過剰に化粧をほどこした彼の潤んだ瞳――。

「君はあまり変わらないな」動揺を隠すため、とっさにそう言った。「一眼見てわかったよ。あの頃のままだ」

そうだろうな、とウォンビンは僕から視線を外しながら言う。かすかに混じる歌うようななまり。三音節の言葉を口にする時、音節の中程が持ち上がる。懐かしい響きだった。

「今でもあの街に住んでるのか」

「ああ、竍はさすがに変わったけどな」

「さっき一緒にいたやつら、仲間なのか」

「手下がしくじりやがったんだ。あいつ、一家丸ごと旅行中だなんて嘘こきやがって。留守番役が居るじゃないか。ベッドルームで鉢合わせだ。おかげでまいっちまった」

ウォンビンは煙草を取り出し火をつけた。マッチの火が顔を照らす。琥珀色の髪がさらりと揺れ、うなじが現れる。彼は煙草の包みを自然な動作でこちらに差し出すと、ふとそれを止めた。僕は急いで手を伸ばした。

「もらうよ」

これまで煙草を吸ったことは一度もない。乾いた紙の感触が指の間に触れる。火をもらい、むせないように慎重に煙を吸い込んだ。成長したと言われた矢先、彼の前で無様な真似は見せたくなかった。

肺じゅうに重たい煙が広がる。ぴりぴりとした咽喉の痛みの中、あの街の空気——セピア色の排水、古い油の匂い、腐った残飯のすえた匂いが目の前に蘇る。

僕は、ウォンビンにこれまであったことのすべてを——とりわけ、僕たちを隔てたあの夜のことを——聞きたくてたまらなかった。身ぐるみを剝ぐように、彼の過ごした七年間をすべて知りたかった。しかし、一方で、自分のこの性急さがもたらすのは決して良いことだけではないと同時に理解していた。僕はすぐさま核心に飛びつくことを恐れた。

「ミミもまだあの街で元気にやってるよ」ウォンビンはぽつぽつと身の回りのことを話し始めた。故郷の何を伝え、何を伝えずにいる方が良いのか、考えを巡らせているようだった。

「ギルドにいた連中の大半は、孤児狩りにあうか、死ぬか、別の場所に消えてった。残ってるやつは少数だ」

ウォンビンによると、乞骨街のスラム化は僕が想像していたよりも深刻に進行していた。かなりの部分が廃墟と化し、行き場を失った人間たちはどこかへ去っていた。

僕たちはいろいろなことを話し合った。最初はぎこちなかった会話も、すぐさまあの頃と同じように淀みなく流れ始めた。言葉を紡げば紡ぐほど、胸の引き出しにしまい込んでいた懐かしいイントネーションや仲間内のスラングが、まるで昨日まで使っていたみたいによどみなく口から溢れ出る。時が過ぎるのが惜しく、この突然天から降ってきた幸運を少しでも多く享受しようと、幼い頃、秘密基地で二人座り込んでいた時と同じように、夜気の冷たさも忘れて心ゆくまでこの時間に身を浸した。彼もまた、同じだけの熱意を持ってそれに応えようとしているように思えた。

「……そろそろ俺は行く」

ウォンビンが煙草を投げ捨てて立ち上がった。ガレージを満たしていた闇は、いつの間にか淡い藍色に変化していた。

「僕も家に戻るよ」

シャッターをくぐり、路に出た。遠くでぼんやりと鳴るサイレンの音が、家々の壁に反響して耳に届く。今夜の騒ぎはうちの方までは届いていないようだ。ここを出たら、乞骨街は向かって右、僕の家は左だ。

「あのさ、」努めて冷静を装いながら、僕は言った。

「今度また、お前のところ、遊びに行っていいか」

ウォンビンは驚いたように目を見開いた。無理もない。あの街に再び関わりたいと思う人間が、一体どこにいるだろう?

「まさか、これきりってわけじゃないよな」

ウォンビンの視線が揺らぐ。その瞼の伏せ方に、僕はさっきまでの彼とは別人のようなぎこちなさを見た。唇が、何かを言いたげにわずかに開いている。

僕は彼の肩を手で摑んだ。この申し出が単なる冷やかしでも、この衝撃的な再会にアテられた、一時的な情動でもないと伝えるために。続いて何か説得に有効な言葉を紡ごうとしたが、この長い月日の間に降り積もった今にも溢れんばかりの慕情は、しかし思うようには形にならず、胸の奥へと逆流する。

僕は困り切り、自分の首筋に左手を当てた。ふいに、彼の視線が動いた。数秒の静止ののち、彼は僕に向かって腕を伸ばす。

「お前、ここ、擦りむいてる」

彼の手が首筋に当てた左手の肘を掴んだ。ジャケットが破け、赤い傷口が覗いている。さっき地面に倒れた時に擦りむいたようだ。

「大したことないよ」

僕は明るく言った。気付いた途端に、火端《ほさき》で焙《あぶ》られるような痛みが肘に蘇ったが、そんなことより話の続きの方が大事だ。

やにわに彼が屈み込んだ。次の瞬間、ぬめりある柔らかなものが傷口に触れた。

「……！」

ぴり、という痛みとともに、何が起きているのかを理解して僕は赤面した。ウォンビンは平然と傷を舐めている。肘は強い力で固定され、動かせない。

顔を傾けた彼の透きとおるような白い首筋が皓々と月明かりに照らされる。伏した目にかぶさるまつげは驚くほど長い。戸惑いとともに上半身に集まった血が、今度は下半身に流れ込み、予期せぬ昂りに変化する。僕はそれを食い止めるのに必死で、腕を振り払うことも、何かを言うことも出来ない。

やがて彼は顔を上げた。再び目が合う。虹彩に僕の貌が映りそうなほど、二人の顔は近くにある。薄闇の中でも分かるほどに唇が赤いのは、僕の血のせいか、それとも元の色か。

彼はニヤリと笑うと
「悪事で怪我して血を流すのも七年ぶりか」

と言った。

僕は身じろぎもできない。

ウォンビンはすばやく身を翻すと、またな、と言い捨てあっという間に夜の名残の中に消えていった。遠ざかる足音を聞きながら、僕は肘に手をやった。ちくりとする痛みとともに、指先にあたたかな湿りが触れる。

目の前に広がる夜、冷たく清廉で、街灯の白い光に照らされた路の景色は、家を出た時と変わらず何事もなかったような顔をして、しかし、もはやまるきり違って見えた。


僕はそれから懐かしいあの街に度々顔を出すようになった。

驚いたのはウォンビンが咬狗党の一員になっていたことだ。盗みも仕事のうちの一つらしい。小魚をくすねて生きながらえていた子供が、今や立派なやくざ者だ。

「よせよ。ただの下っ端だぜ」と彼は言うが、僕にとっては身分や職業がどうのより、彼が生き延びてくれていたこと自体が何より誇らしかった。

再会した当初、ウォンビンの顔にはかすかに躊躇《ためら》いの表情が浮かんでいた。が、数週間もする頃にはそれはすっかり消え失せ、僕たちはまた子供の頃のように、この街の灰色の路地を駆け回ることとなった。今度は煙草と革ジャケットを片手に。

剝き出しの水道管の走る古ぼけたビル壁、空が見えないほど折り重なり、鼻先をこすり合わせるトタン屋根の軒たち。僕の成長のせいか、街の後退のせいか、昔駆けた路地はひどく矮小に見えた。考えてみれば当然だった。親を亡くしてから乞骨街で暮らした期間を、養父母に引き取られて「こちら側」で暮らした期間が上回ったのだ。

あの頃には欲しくて欲しくてたまらなかった、道端で機械の中を跳ね回るポン菓子、飛行機の紙模型。それらの代わりに、あの頃とは別のものが僕を魅きつけた。

太陽が沈むと同時に街を覆う、靡爛《びらん》した夜の灯。清廉な、僕の住む街にはないもの。狭路にひしめくネオンが妖しげな光を振りまき始める頃、薄い衣をまとった女たちが何処からともなく漂い出て、羽虫と共に舞い始める。ムッとするような白粉の香り、しわがれた嬌声。ビールを片手にそぞろ歩けば、たちまちそこここから手が伸び、甘い吐息が絡みつく。ウォンビンの端整な顔立ちは、道ゆく人々の中でもひときわ注目を浴びた。僕の、白いリネンシャツに学校指定のカバンと革靴という、いささか潔癖すぎる服装は、この街をひやかすには少々威勢に欠けたが、ウォンビンと並ぶと不思議と釣り合いが取れた。

教科書、ゴム製の運動靴、ガキ臭い同級生。定規を振り回して怒鳴る数学教師。これまであたり前のように僕の生活を構成していたそうしたものが、ウォンビンと再会したのちにはたまらなく嫌になった。なぜ今まで我慢できたのかわからなかった。女の子たちの、蜜のように重たく鼻孔に絡む香水の匂い、吹き出す汗の粒。手のひらの中で熱く弾む、丸く豊かな乳房。僕はウォンビンの手ほどきによって、幾人かの女の子たちとほんの束の間の淡い関係を経験したが、それは、その女の子たちへの直接の興味というよりも、ウォンビンと一緒に駆け回る、懐かしいようでまるきり新しいこの世界と、人生で初めて謳歌する新鮮なこの自由への、賞賛に近いものだった。彼女たちの体は、直線的な制服に包まれ、きっちりと同じ丈で髪の毛を揃えたうちの学校の女の子たちよりもずっと簡単に僕の体から愛着を引きだし、同時に受け止めてくれもした。僕の住む退屈な世界の全ては、新しく流れ込んだそれらすべてに押しやられ、あっという間に消え去ってしまうのだった。

こうして僕とウォンビンは、学校が終わってから夜までの多くの時間をともに過ごすようになった。

特筆すべきは、ミミの変貌ぶりだ。ミミは影絵屋を廃業し、その後どうやってか、夜の店の女主人となっていた。僕と二つ、三つしか違わないにもかかわらず、堂々と店を仕切り、客をあしらい、女たちを采配する。

「ルゥ！　あんたと会えて本当に嬉しいよ」ミミはその長い腕を大きく広げて僕に抱きついた。子供の頃は頭上から降り注いだ優しい眼差しが、今は僕の顎より下にあるのが不思議だった。「もう二度と会えないと思ってた。これって神様のいたずらね」

懐かしい二人との再会は僕の心を踊らせ、渦巻くような熱狂をもたらした。あれほど足を踏み入れてはいけないと言われていたにもかかわらず、僕は今や、我が物顔でこの街を歩く若い男たちの一人になっていた。罪悪感は微塵もなかった。ウォンビンと共に過ごせる、それだけで、僕の足は軽々と禁を破り、街と街の境界を飛び越えた。

僕はこの時、かなり浮かれていた。隔てられていた歳月が、二人のちょっとした努力で簡単に埋まったことに。ウォンビンがこの時まで、親友の座を僕のために空けておいてくれたように感じ、数学で優を取るより、バスケットボールの試合で勝つより、そちらの方がずっと誇らしく思えた。この街の、昔と変わらぬドブ底のような空気を吸い込み、少々背伸びを必要とする下卑た冗談を彼と言い合い、カード賭博に興じる間だけは、やっと自分自身に戻れるような気がした。またウォンビンもウォンビンで、僕と肩を組み、流行りの歌を口ずさみながら夜の街を闊歩するつかの間は、子供の頃、太陽の下を駆け回っていた時の屈託のなさを取り戻しているように見えた。

しかし僕には忘れてはいけない毎夜のリミットがあった。すっかり陽が暮れた頃、暗渠《あんきょ》の上を渡り、住み慣れた街へと戻る。清潔な制服と、磨き上げられた革靴は、こちら側の景色の方にやはり馴染んだ。

ウォンビンは僕が帰る時、決まって何も言わなかった。どんなに盛り上がっていても、帰すまいと引き止めることはなく、黙って煙草をもみ消す。ミミも同様だった。この街で育った人間の当然のしつけというべき作法を彼らは身につけていた。それらを目にした時、僕は改めて、自分がこの街の人間ではないことを思い知らされた。僕の輪郭はすでに新興地区の人間として固く像を結び、彼らのかたちと混じり合ったり、端を結ぶことは決してない。僕は時折、そのことが惜しくてたまらなかった。


「なぁ、『く』から始まる、生きて行くには必ず必要なものってなんだ」

「……『食い扶持』じゃないかな」

「残念、『苦労』、だって」

「それ、作者の偏見じゃないか」

「じゃあ、『ち』から始まる、地球の表面を覆うものは」

「『地殻』かな」

「なんだ、それ。聞いたことねぇよ……お前、頭いいな」

隣でウォンビンがクロスワードパズルを埋めている。手つきは子供のようにたどたどしい。僕の肩に寄せられた髪からは、煙草の臭いに混じり、ほのかに乳石鹸の匂いがする。

ウォンビンが僕に遊びを教えたように、僕もウォンビンに教えたものがある。読み書きだ。

黴臭く、雨の滴る彼の部屋で、僕はしばしば彼に文字を教えた。ウォンビンは街外れの廃工場の最上階を塒としていた。部屋には机すらなかった。二人並んで敷きっぱなしのマットレスに足を投げ出し、壁に体をもたせて拙いレッスンをした。

「人の体に宿るもの。死んだらそれになって天に昇る」

「『魂』じゃないか。そのクロスワード、できが悪いなあ」

「それ、どう書くんだっけ」

「貸してみ」

僕は彼のペンを握る手に上から手を添え、書き順を教えてやる。頭がいいのは彼の方だ。僕が両親の元に来てから一年かけて習得した文字を、彼は数ヶ月でいとも簡単に習得した。彼は今、人生に現れた新しい刺激を子供のように夢中で吸収している。

「誰もが持つ、逃れられないもの。四文字」

「『運命』じゃないか」

さらさらとした雨音の中に、紙を引っ掻く硬質なペンの音が響く。明かりのつかない部屋は初夏だというのに寒々しい。窓から差し込む灰色の光が、かろうじて部屋の中にあるものの輪郭を浮かび上がらせている。もうすぐスコールの季節だ。夏至を越えれば、半島を食い尽くす熱風がやってきて、人々の体に夏の訪れを刻む。腐った果実、むせるようなジャスミンの花の匂い、汗みずくの肌。あの祭がやってくる。

「『うんめい』」

うわ言のように繰り返した彼の声に、僕は雑誌から顔を上げた。

彼はぼんやりと宙を見ている。

「あのさあ……お前、両親の骨、焼いたの」

僕は今も、彼らの骨をずっと持ち続けている。机の奥深くにしまわれたままだ。新しい両親にもその話をしたことはなかった。あの時葬えなかったまま、僕は彼らを抱えている。

「いや、まだだよ」

ウォンビンは僕の声色を慎重に精査するように、顎先を空中に止めたままじっと一点を見つめている。

僕は戸惑いを覚えた。ウォンビンが自らあの時の話を持ち出したことに。時の流れとともに過去の経験は風化し、友情だけが死体の中から綺麗に抜き出された骨のように残されたのだとばかり思っていた。あの夜の出来事は持ち出さないことが、互いの人生に対する敬意だとも。

力を抜いた彼の手は、僕の手の中にすっかり収まっている。浮き出た指の関節が、真珠の粒のように暗い部屋の中で仄白んでいる。

「お前、覚えてるか、昔、一緒に盲梟婆に会いに行ったこと」

「……ああ」

「あの婆さんさ、去年死んだんだ」

「え」

「物盗りに殺されてさ。頭、ぱっくりかち割られてたんだって。暑い日が続いてさ、見つかった時にはこぼれた脳みそと腐った肉の臭いが薬の匂いと混ざり合って、ひでえもんだったらしい。調合机の引き出しに隠してた金も、ごっそり盗られてたって」

脳裏に彼女の死体が浮かんだ。空想の中で、なぜだか彼女の死肉はランブータンのような芳しい香りを放ち、床にこぼれている。胴からは白いあばらが飛び出、天を睨む眼窩からは無数の蛆《うじ》が溢れ、彼女の死を悼んでいる。

「自分の運命は占えなかったのかな」

「もし知ってたところで、抵抗できないだろ、盲《めし》いた老人じゃあ。肉親たちだってとうにこの街を出てるんだし」

ウォンビンは自分の手に視線を落として続けた。

「あの婆さんさ、骨がどうこう言ってたろ……あの時はおかしなこと言うババアだと思ってたけどさ……本当に、人の運命は骨に宿るのかな」

僕は、記憶の靄《もや》の中からあの時のことを引っ張り出そうとした。朽ち果てた掘っ建て小屋、陽の照りつける砂だらけの路。「俺は運命なんて信じねぇ」と言った時の、ウォンビンの強い口調。

「運命を知って、それに抗わず諦めて生きるのと、逆らって足掻き続けるのとでは、どっちが苦しいと思う？」

「……ずいぶん、君らしくないこと言うじゃないか」

僕は言った。

「いつのまにそんなに迷信深くなったんだ」

「血は流れる。肉は腐る。けど、骨は最後まで残るだろ」

七年の歳月が、人をどれだけ変えるだろうか。どこからどこまでが、その人の変わらぬ芯の部分だろうか。

「……だとしたら、」僕は雑誌に再び目を落とした。僕の知らない彼を、視界から締め出すように。

「人の一生は生まれた時から決まっていることになる。僕はそう思わないよ」

そう言いながらも、僕は確信が持てずにいる。僕が今、こうして彼と一緒にいることは、偶然にしては出来すぎている。

「……お前、あんまりここに来ない方がいいんじゃないか」

不意の言葉に、驚いて僕は顔を上げた。

「ここんとこ毎日だろ、親父さんとお袋さんも心配するんじゃないか。こんなところに出入りしているのを知ったら、」

実際のところ、僕の行動はすでに問題視され始めていた。川跡を渡る僕を見かけた誰かが教師に告げ口したのだ。両親にこそ通達されなかったものの、僕は注意を受けた。親しくしていた同級生たちは今や僕から遠ざかり始め、放課後の誘いもなくなっていた。僕はそれを気にするどころか、心のどこかで安堵すらしていた。

「僕なら平気だよ。ちゃんと、文句を言われないだけの成績をとってる」

なるべく平坦な声色を作って言った。

「君が心配するこたない。全て上手く行ってるさ」

「高校を卒業したらどうする。大学に行くんだろ」

ウォンビンはマットレスから立ち上がると、向かいのパイプ椅子に逆向きに腰掛け、煙草をポケットから取り出し火をつけた。

「どこに行くつもりだ」

「隣の市か、……もしくは」

「胡江杰《フージャンジェ》か」

高校三年生にもなれば、希望の進路によってクラスが分けられる。僕の学校の生徒のほぼ全員が隣の市立大学、もしくはさらに遠くの大都市の国立大学に進学を希望していた。僕は当然、よりレベルの高い後者を狙う組に振り分けられていた。両親も間違いなくそれを望んでいたし、彼らの手によって泥の底から掬い出された僕が、その願いを叶えない理由はどこにもなかった。

「せっかく手に入れた幸運なんだ」ウォンビンは僕の目を見据えた。

「こんなところで無駄にするな。大事にしろ」

「なあ、ウォンビン」

僕は切り出した。

「僕は未だに……今の自分の人生が、正しいものだと思えないよ」

ウォンビンは僕を見つめたまま黙っている。

「君からしたら、何を甘ったれたことをと思うだろう。けど、違うんだ。僕は未だに確信が持てない。つまり……これは本当に、僕自身の運命なのか？　って」

「正しいに決まってる」

さっきよりも少し大きい声で彼は言った。

「お前が、お前自身の手で勝ち取ったもんだろう。何を馬鹿なこと言ってるんだ。俺に気兼ねしてるのか？」

「違う、けど」

「良い状況の時は、運命を疑うな。その人間にふさわしい出来事しか、骨は運んでこない」

「誰の言葉、」

「盲梟婆」

「……会ったのか」

彼は答えない。暗い部屋の中、煙草の火が明滅する。どこかから、女の喘ぎ声のようにも、ソンタウの音色のようにも、赤子の泣き声にも聞こえる細く長い音が、雨音の間を縫って響いてくる。

「なあ、もしそうなら……こうやって僕らがまた会えたことこそが、運命だと思わないか。僕にはそう思えて仕方がないんだ。あんな偶然があるか？　意味がないなんてことは」

ぎぃ、と音を立てて彼は椅子から立ち上がる。

「俺たちが出会ったのは、ただの偶然だ。こだわるなよ。お前にはお前のいい道があるさ」

「ウォンビン、僕は、君と一緒にいられたらそれでいいんだ」

僕は声を振り絞った。

「君と離れたことを、ずっと後悔していた。こうやって会えたこと、それ以上に幸運なことなんてないんだ」

ウォンビンは俯いたまま聞いている。唇に挟んだ煙草の先が、頬に流れた髪の毛先が震えている。

僕はいらいらした。彼が変わってしまったことに。誰にも邪魔されることなく、まっすぐに路の先に注がれていた彼の視線が、こうして地を向いていることに。僕の知らない顔をして、一度縮めた距離を再び広げようとしていることに。

「君は、そうじゃないのか。……僕をどう思ってるんだ」

「今になって、かよ」

「え」

ウォンビンはやおら、服を脱いだ。裸の白い胸が、窓から差し込む光の中に晒される。

彼の体には無数の傷痕があった。新しいのも、古いのも。新品のノートを汚すためになされた落書きのように、それらは彼に向けられたえげつない悪意と、暴力的な支配の欲とをはっきりと示していた。同時に、かえってそれらですら蹂躙できない、彼の美しさを引き立ててもいた。

「お前」僕は息を飲んだ。

「俺の運命はこれだ。——お前のとは違う。わかったら、今の自分の置かれている環境を大切にしろ」

「お前、七年の間に何があったんだ」

ウォンビンは黙っている。遠くで雷鳴が轟《とどろ》く。窓から差し込む閃光に、白い体軀が一瞬、闇の中でひかめいた。雨音は一層強くなる。

「なあ、ルゥ、受け入れろよ」

やがて彼は言った。

「それがお前の人生なんだ。お前が摑んだ幸運だ。だったらそれを活かせよ。全うしろ。胡江杰に行って官僚にでもなれ」

会話をうちどめるように、ウォンビンは煙草を灰皿に押し付けた。

僕はどう答えていいかわからなかった。何か、とんでもなく幼稚なことを言ったような気がして自分を恥じる。一方、僕の主張を受け入れてくれない彼への苛立ちとがないまぜになり、混乱の中、彼の貌《すがた》をすがるように見つめるよりほかになかった。

「……とにかく、僕のことなら心配するなよ」

僕はわざと明るい声でそう言った。

「君がそう言うなら、そうする。大学進学に響くようなことはしない。だから、いいだろ？　ここへ来たって、別に何も変わりゃしないよ」

「俺の決意が鈍るんだよ」

「え、」

「なんでもない」

ウォンビンは立ち上がると「煙草、切れたから買ってくる」と言い、傘も持たずに階段を降りて行った。

僕はマットレスに顔を埋めた。強い雨音は五感を塞ぎ、記憶の澱を掻き乱す。


運命は、骨に――


そのうち寝入ってしまったらしい。目覚めた時には陽はすっかり暮れ、雨は上がっていた。ウォンビンはいない。あれきりどこかへ行ってしまったらしい。

帰宅時間が迫っていたので、彼を待たずに部屋を出た。挨拶もなく別れたのは初めてのことだった。白い川跡を渡る時、一度だけ振り返って乞骨街を見た。子供の頃に駆けずり回った懐かしきホームタウンは、今や黒ずんだ夕闇の中に溶け、全貌を現してはくれなかった。

校舎の白壁に正午の陽がまばゆく映えている。ばらばらとグラウンドに走り出す生徒たちの影が、群島のようにグラウンドに散っていた。春を飾るジャスミンの花は散り、代わりにモッコウバラが校門の脇に優雅な姿を並べている。

期末試験を終え、僕は晴れやかな気持ちで足早に学校を出た。ウォンビンとは久しく会っていない。彼のところへ向かう前に一旦家に帰り、教科書の詰まった重いカバンを置くことにした。

着替えを済ませ、玄関で意気揚々とスニーカーに足を差し入れた時、気配を感じて振り返った。

「ルゥ、どこに行くの」

養母だった。薄い眉をハの字に寄せ、土気色の顔を玄関から差し込む日差しを避けるように傾けてこちらを見ていた。

「お父さんから連絡があったの」彼女はいつも通り、囁くような声で言った。

「胡江杰への推薦枠に、あなたが通ったって」

養父さんはうちの学校で、大学への推薦枠の決定に関わっていた。彼は成績をつける立場でありながら、一度だって僕を贔屓《ひいき》するような真似はしなかった。それは自身の栄誉のためというより、出自ゆえにこの学校で差別されたり、虐げられたりするのを防ぐための一種の防御策であった。推薦を受けずとも一般の試験に受かる学力のある僕を、養父さんがわざわざその枠にねじこんだことが――他の生徒から贔屓だと取られかねない行動をとることが――僕には信じられなかった。

養母さんは僕に歩み寄った。ぱたぱたと小鳥のようにか弱い足音が廊下に響いた。

「だからね、ルゥ……あの街に行くのは、よした方がいいんじゃないかしら」

慈しみに溢れた、それでいて、それ以外の感情が外に溢れ出るのを注意深く堰き止めたような、混ざりけのない目だった。

「今のあなたとの間には、もう何の関係もないわけだし、その……将来のためにも」

これまで、彼らに何かを無理強いされたことなど一度としてなかった。彼らは決して自分たちの意思を押し付けることなく、僕が自ら考え、決断をするだけの時間的余裕を与えてくれた。僕はその態度に感謝こそすれ、煩わしさや抑圧を感じたことなどこれまで一度もなかった。

「それとも、何か行かなければいけない理由があるのかしら」

彼らにウォンビンの話など、できるわけがなかった。彼のことを、僕が彼に感じている思いを、誰にも言い表したくなかった。一方で、両親の心配ももっともだと思った。悪いのは、僕ひとりだ。

「大丈夫だよ、媽咪《ママ》」

僕は言った。彼女の瞳の色と同じくらいに優しい声色で、彼女が最も喜ぶ呼び方を使って。

「シーヤオたちと図書館で待ち合わせしているんだ。期末の答え合わせをする約束なんだよ」

彼女は少しだけ困った顔をした。最愛の息子を疑うことは、彼女の信条に大きく反するのだ。

彼女はさらに近づくと、そっと僕の頬を撫でた。

「あなたは優しい子だから、要らないことに巻き込まれないか、心配なのよ」

スニーカーに半分突っ込んでいた足をローファーに入れ直し、二歩進んだ後で僕はもう一度振り返って彼女を見た。

彼女は変わらず笑顔を浮かべていたが、目には慈愛以外の何かが宿っているように思えた。口の端はわずかに震えている。僕はそれを見なかったことにして扉を閉めた。

陽の照りつける住宅地を、僕は足早に歩いた。

血は流れる。肉は腐る。けど、骨は残る——

ずっと危惧していた。僕がもし、彼らを裏切るとしたら、それこそきっと、あの街で学んできた、残酷で非情なやり方をとるに違いないと。教育という補正具が、どれだけ上面を整えようと、内側に眠る僕の本質は決して形を変えず、いつか肉を突き破り、一番醜い形で露出するのではないかと。だからこそ、僕はこの、何一つ非の打ち所のない、完璧な家の中にいながらも、彼らに対し完璧に心を許すことができなかったのだ。

川の埋め立て跡が見えて来た。その向こう、陽炎に揺らぐ煤けたバラックの群れを目にした時、僕はほっとして、思わず駆け出した。

乞骨街の中心から数本外れた通りには、気の抜けた茶屋が二、三軒連なっている。僕は外の席に座り、ウォンビンが通りかかるのを待った。

普段、僕たちは特に待ち合わせ場所を決めない。狭いこの街では若者が集う通りは数本しかなく、何度か行き来すれば相手を見つけ出せた。放課後はこの通りに来てのんびりウォンビンを待ち、彼がぼくを見つけて連れ立つのが、この半年の僕らの日課だった。

通りに面した窓は広く、耳を塞いでいても喧騒が流れ込んでくる。祭を予感させるにぎやかな鼓笛の音色、人々の慌ただしく往来をかける足音。七年ぶりに聞く懐かしい響きがぼくの耳に飛びこみ、鼓動を早らせる。彼はなかなか現れない。バラックの向こう側に燃え上がる夕空の色が、今日はやけにくっきりと見える。軒先におざなりに並べられたスチールのテーブルが、夜灯を反射して魚の腹のように鈍く光る。

スナック菓子をつまんでいると、ふいにサングラスをかけた男が行き交う人々から抜け出しこちらに近づいてきた。

「女を待ってるのか」

男は仁王立ちで僕の前に陣取る。

「いや」

僕はいぶかしんだ。誰だろう。ウォンビンの賭け仲間だろうか。

「今日は、ウォンビンと二人だよ」

彼の知り合いと踏んで、そう返した。

「だから女だって言ってんだよ。あの薄汚いメス犬」

きょとんとしていると、相手はグラスを外した。その下卑た目つきを見た瞬間、僕の脳裏に昔の記憶が蘇った。

「ドゥア」

僕は驚いた。孤児にもかかわらず丸々とした体躯だった彼が、いまやすっかり逞しく、精悍な体つきをしていることに。思わず懐かしさを表明しそうになった途端、

「こんなところまで何しに来てやがんだよ。潮夏の金持ちの靴舐め野郎が」

彼は盛大に毒づいた。濁った目がぎょろりと僕を見据えている。

「売女はお前んとこの街にもいるだろうが。そんなにあいつに搾り取られてぇのか」

「何を言ってるんだ」

僕は努めて穏便に答えた。彼と揉めてこの街に出入りしづらくなることは、僕にとって本意ではない。

「売女って誰のことだ」

「じゃあ、仲良くしゃぶりあってるってことか」ドゥアの酒に灼けた赤い頬が醜く歪む。「ガキの頃から、やってることは変わんねーな。魂百まで、ってこった」

彼がなぜ僕に喧嘩を売るのかさっぱりわからなかった。ただ、彼が僕だけでなくウォンビンまでをも貶《おとし》めようとしていることは、その歪んだ口元や敵意のこもった目つきから分かった。

「俺はお前に教えてやろうとしてるんだよ。お前があいつに身ぐるみ剝がされて使い捨てられる前に、逃げ出せるようにな」

「何言ってんだよ。僕と彼は……」僕は声を荒げた。

「なぁ、子弾。あいつがお前の思うとおりの純粋無垢な人間だと思うか？　入れ揚げてるうちはわかんねえだろうがな、あいつはお前が思うよりずっと手管に長けた小狡い人間なんだよ」

彼は僕の顔を覗き込んだ。酒の臭いがぷんと鼻を突く。

「お前は何にも知らねえみたいだから教えてやる。孤児だったあいつがなんの後ろ盾もない状態で、組の上部にのし上がれると思うか？　……あいつはな、組長の情夫《イロ》なんだよ。ガキの頃からずっとな」

そう言うと彼は小指を突き立てて、顔の前でちらつかせて見せた。その仕草があまりにもありがちだったので、もしこの状況でなければ僕は吹き出していただろう。しかし、実際にはそれどころではなかった。

一体こいつは何を言ってるんだ？

脳は言葉を処理しきれずに麻痺し、往来の喧騒も、夏の始まりの蒸し暑さも、胡麻饅頭の屋台から漂う香ばしい香りも、周りから抜け落ちてゆく。

ドゥアは僕の反応に満足したように、顔を少しだけ離した。

「あいつは売女としては最高の腕を持ってるよ。子供ながらに親分に取り入って、今の地位を他の組員から奪い取った。もちろん男だからよ、扱いはお姫様ってわけにゃいかねえよ。なんかあったら体で落とし前つけることだってある。あいつの体、見ただろ？」

彼は薄笑いを浮かべた。人の不幸を喜ぶ、この街の、意地汚い、泥底に沈んだ人々の顔に染み付いた笑みを。

「ま、あいつはその辺も上手くやるんだ。血がそうさせんだよ。薄汚え半端もんの血がよ。他に生き方がねぇんだ……あいつはな、確かになんでも覚えが早え。盗みも、銃の扱いも、組織内の政治もな。けど、それはあいつの本分じゃねえ。あいつの本質はな、股開いて相手を騙しては、いろんなもんを巻き上げちまう、根っからのクズ売女だよ。組んなかで成り上がるためにどんな汚い手だって使う。俺はあんなやつがうちにいるのが許せねぇんだ」

そういえば以前、ウォンビンと街を歩いていた時、通りの向こうから数人の男が僕の知らないスラングで彼を囃し立てたことがあった。彼は表情一つ変えず、「行こう」と言って足早に立ち去った。あの時、ドゥアもあの中にいなかっただろうか？

「あいつはとんだペテン野郎だよ。男にすり寄り媚《こ》びを売るくせして、その実、誰も信用しねえ……なぁ、お前も知らないうちに、やつに吸い取られてるんじゃねえか？それとも、お前も仲間なのか？　学校行って、ケツ売る勉強でもしてきたのか？」

「やめろ」僕は立ち上がり、ドゥアの胸ぐらを摑んだ。ウォンビンの醜聞をこれ以上耳に入れたくなかった。いや、それ以上に戸惑いが僕を支配していた。

平和なクロスワードパズル、弾けるビールの泡、女の子たちのふわふわした肢体。僕と彼をこれまで取り巻いていた全てのものが、目の前の男の言葉によって遠ざかってゆく。

……いや、そうじゃない。本当はとうに感づいていたのだ。僕と彼の共有する世界は、まるで湖面に張った薄氷のようなもので、踏み込めばたちまち、僕の見たことのない彼の本性にたどり着くことを。

立ってみると僕の方が上背が高く、彼がたじろぐのがわかった。左拳を振りかざす。ドゥアの顔が歪む。振り下ろそうとした瞬間、さっきの養母さんの悲しそうな顔が脳裏を掠め、腕が止まった。

「臆病者め」それを見てドゥアはニヤリと笑った。

「カマ野郎とつるんでるヤツは揃って玉なしか」

次の瞬間、どう、と丸太で突かれるような痛みが鳩尾を襲った。衝撃で僕の体は吹っ飛び、テーブルや椅子を跳ね飛ばしながら地面に転がる。

「思い出せよ。子供の頃、一度だって俺に勝ったことがあるか?」

やつは僕に馬乗りになると、拳を思い切り振り下ろした。顔中の骨が粉々になるような痛みに視界が眩んだ。仲間同士のじゃれあいではない、憎悪のこもった本気の暴力。長い間、ぬくぬくとした環境に守られていた僕が、それを受け止めきれるはずがなかった。重たい鉄の塊のような一発一発が、僕の息の根を止めるべく、確実に意志を持って振り下ろされる。

反撃しなければ死ぬ。僕は無我夢中で手を伸ばした。転がっていた椅子の足を掴み、渾身の力でスイングする。硬いものがぶつかり合う音がし、体がふと軽くなった。ドゥアが横向きに吹っ飛び、鼻血を流しながら倒れている。僕はよろめきながら起き上がると、彼の脇腹を思い切り蹴り上げた。ぐぇ、というカエルのような声がやつの喉から漏れる。今度は僕が馬乗りになった。拳を横顔に思いきり叩きつける。めき、という音とともに、重たい感触が手首に響く。二発、三発。

一体、自分が何を否定したいのかも——何を肯定したいのかも——僕には分からなかった。けど、止めるわけにはいかなかった。ドゥアへの憎しみからではない。汚された友の名誉を守る。その口実を採用することによって、僕は何かを見ないようにしているに違いなかった。見てしまえば心が粉々になる、それが分かっているからこそ、目を逸らすために僕はこうして目の前の男に恐怖をぶつけているのだ。

「やめろ！」

突然、後ろからもの凄い力で腕を摑まれた。痺れが右半身に走り、僕は振り返る。ウォンビンだった。彼は腕を引くと、僕を後方に突き飛ばした。細い体の一体どこにあるのかと思うような凄まじい力だった。僕は受け切れず、地面に尻餅をつく。

「てめえ！」ドゥアは起き上がった。怒りに燃えた目でウォンビンを睨み、まっすぐ彼に向かって突進する。

「ウォンビン！」僕が叫ぶのと、ウォンビンの顔にドゥアの拳がめり込むのがほぼ同時だった。本来なら僕の鼻面に叩きつけられるはずだった拳が、ウォンビンの体を弾き飛ばす。しかし、彼は倒れなかった。二、三歩後方によろめいただけで、足を踏みしめ、上体を立て直すと、二発目の拳を腕で受け止め、正面からドゥアと組み合う。

「やめとけ。他所者《よそもの》には手を出すな」

怒り狂った雄牛のようなドゥアを食い止めながら、なおも冷静さを失わない声で彼は言い放つ。

「何が他所者だよ。こいつだって俺らと同じ穴の狢《むじな》じゃねぇか」ドゥアは僕を指差し激昂する。「そのくせお高くとまりやがって」

僕は情けなくも地面に転がったままだった。助太刀しようにも、ウォンビンの背は明らかに僕を拒絶していた。

バタバタという足音とともに、数人の輩が駆け寄ってきた。ウォンビンの手下だ。

「お前がやってることは知ってんだよ。この薄汚ねえクソ売女が」

手下たちに引き剝がされながら、ドゥアは忌々しげに叫んだ。

「シャオイーをどこへやった。お前が殺したんだろう」

「何の話だ」彼は極めて冷静に返した。「お前のへまを俺に押し付けるな」

「とぼけるんじゃねぇ、俺は知ってんだぞ。いつか正体を暴いてやる」ドゥアは再び激昂した。

「てめぇなんざ親分に飽きられたら終わりだよ。それまで仲良くそのタマ無し野郎としゃぶり合ってろ」

ドゥアが手下たちに連れて行かれるのを、僕は声も出せずに見送った。去り際、彼は僕を振り返り「お前も、いつかその売女に食いつくされて捨てられっぞ」と吐き捨てた。

ウォンビンはしばらく肩で息をしていたが、やがてこちらを向いた。白い頰の半分を、鼻血が真っ赤に染めている。それを見た途端、自分がとんでもないことを――彼に対してしでかしてしまったのでは、という思いが浮かんできた。

僕が口を開く間もなく、彼は言った。

「帰れ」

一切の感情を見せず、興奮を律し、それでいて強い意志をこめた声が、僕に突き刺さった。

「お前はもう、ここに近づいちゃいけない」

「ウォンビン」僕は口を開いた。せめて謝罪の言葉を伝えたかった。それを言うことの意味のなさも、それを彼が受け入れないであろうことも、僕はもう、すでに理解していた。それでもなお、僕の甘えた心は彼とのつながりを求めた。

戸惑いながらも言葉を発しようとした僕を、彼が遮った。

「お前はもう、この街の人間じゃない。仲間でもない。そんなやつが俺たちの縄張りをうろちょろするな。迷惑だ」

彼の青白い顔が——光を失った瞳孔が、かすかに震える唇が、はっきりと伝えていた。もはや僕に、他人以上の何をも求めていないと。

やがて雨粒が落ち始めた。瞬く間に本降りになり、視界を白く染めてゆく。喧嘩を眺めていた群衆は雨に惑いながら散じ、店々は鈍色のシャッターをおろし始める。

僕は彼の後ろ姿が白煙の向こうへと消えてゆくのをただ黙って眺めるよりなかった。

やっとのことで埋め合わせたはずの歳月が、再び彼と僕との間に立ちはだかり、亀裂を拡《ひろ》げてゆく。以前より、ずっと深く、取り返しのつかないほどに。

雨は風に吹かれて蛇腹にうねり、路にうなだれる花々をその鋒《きっさき》で無残に削ぎ落としてゆく。養母さんと養父さんが新学期に合わせて買ってくれたローファーはたちまちずぶ濡れになり、色をなくす。

月光に照らされた白い体、粘膜の擦れる音、竹のようにしなる背骨。

——俺は絶対に、この状況から抜け出してみせるさ。なにをやっても。

僕は忘れていた。いや、気付かないふりをしていた。この街を流れる歳月から切り離されていたのは僕だけで、彼やほかの人間たちには、あの時から地続きの時間が流れていることを。僕が迷っている間に、彼はとっくに自分の道を歩んでいたことを。

僕たちの間を裂いたあの瞬間の光景を、友情で分厚く蓋をし、歳月という重しで記憶の底に沈め、変わらずにいて欲しい部分だけを都合よく残し、消し去りたい記憶だけは、なかったことにして。

もはや、どうするべきかも分からなかった。発するべき言葉もなく、出口すら見つけられず、慣れたはずのこの街で、散弾のように体を打つ雨に濡れながら、僕はただ、黙ってその場に立ち尽くしていた。


僕の顔の傷について、養母さんは何も言わなかった。ただ、黙ってその暮れ終えた空のような色の瞳を伏せただけだった。

養父さんはただ一言「母さんを悲しませるな」と言った。僕はこの長く親しんだ家すらもアウェーになってしまったことを感じながら、夏休みの始まりの二週間を膝を抱えて過ごした。


祭の日がやって来た。

僕はまた、性懲りもなくあの街へと出かけた。うららかな日で、気を抜けばあの日の出来事などなかったと錯覚してしまいそうだった。

通りに並ぶ屋台は、子供の頃に比べるとぐっと減り、家々の軒にくくりつけられた祝いの花々もなんだか少なく感じられた。人々は通りを占める大道芸より、茶屋の壁に取り付けられたテレヴィジョンから流れるサッカーの中継に釘付けになっている。

この日この街に集う人の数より、平日の昼に新港のあたりを往来する人数の方がきっと多いだろう。しかし僕は、逆にこの人数の中でなら彼を見つけられるのではないかと思った。

メインの通りから裏路地までくまなく探したが、ウォンビンは見つからなかった。通りには組の連中が酒を片手にたむろしている。祭のせいか、彼らの気も緩んでいるように感じられた。その中にも彼の姿は見当たらない。

喧騒を離れ、売春街の裏側あたりに差し掛かる時だった。ミミの宿の裏口あたりから、ミミと宿の従業員らしき女が二人がかりで白い布に包まれた重そうな荷物を抱えて出てくるのが見えた。女は長い髪を無造作に垂らし、顔は見えなかったが、衣服の感じはたった今、一仕事終えたばかりだというような乱雑さだ。通りに停めた荷車にそれを載せると、二人は僕のいる方とは逆に荷車を押して進み始めた。声をかけようか迷ったが、ミミがウォンビンとの一件について聞いているかと思うと気まずく、僕は黙って二人の後ろ姿を見送った。

海の上を席巻する雲は渦を巻きながら、すごい速さでこちらへ向かってくる。僕は足早に海沿いの路を駆けた。

祭から数週間後、迷った末に僕は彼のアジトを訪ねていた。もう一度——どんな形であれ、彼に直接向き合い、謝罪の言葉を述べたかった。それが最後になっても良い。僕は二人の間に亀裂の入ったまま、彼との関係を終えたくなかった。

咬狗党のボスがいなくなった、という噂を耳にしたのは、僕が必死になって乞骨街をうろつきまわり、彼を探していた時のことだった。

「バオフゥはまだ見つからないらしい」

道端にたむろするごろつきの一人がそう言うのを、僕はこっそりと立ち聞きした。

「組の連中はもう何週間も躍起になって探してる。祭の日に護衛もつけずに行動していたのを見かけたやつがいるって噂だ。色の白い女と一緒にいたって」

街全体がせわしなく、不穏な空気で満ちていた。嫌な予感がした。ウォンビンは一体どこにいるのだろう。一刻も早く彼に会わなければ。

階段を登り、ウォンビンの部屋のドアを叩く。留守だった。迷ったすえ、ドアノブを右に三回、左に二回まわし、最後に乱暴に掌底で下から突いた。こうすると鍵がかかっていても開く。一度、鍵を置き忘れてきたウォンビンが教えてくれたのだ。ぎぃ、と重たい音を立ててドアが開き、空間が露わになる。電気のスイッチを押すと、ばち、ばち、と激しい音を立てて蛍光灯が瞬いた。家具のほとんどない彼の部屋は夏だというのに薄ら寒くさえ見える。マットレスと食事用の丸い卓、どこかから拾って来たパイプ椅子がポツンと置いてあるだけだ。卓の上には読み書きの帳面が開いたまま置いてあった。彼が綴った文字が、心細げに罫線の上に並んでいる。

急に蛍光灯が消えた。ブレーカーが落ちたようだ。空は鉛筆で塗りつぶしたように暗く、遠くには白い電光がいく筋も走っている。僕は部屋の奥の扉に向かった。螺旋階段を登って屋上へと出る。一人で上がるのは初めてだ。

手すりの向こうに見える海は鈍色をして、嵐の予感に耐えている。汀《みぎわ》はぐっと深く、逆巻く波が飛沫を上げて浜に打ち付けていた。急雷に騒ぐ鳥たちの声が、嫌に大きく響く。

降り始めた雨を受けつつ、配電盤の収められた四角い鉄の箱に近づいた。途端に凄まじい異臭が鼻をつき、僕は歩みを止めた。床に視線を落とす。配電盤の下部は、垂れ込めた雨雲の下でもはっきり分かるほど、何かによって汚されている。

血だ。

おびただしい量の血が、配電盤の扉の隙間から滲み出ている。よく見ると、無数の白い米粒のような虫たちが、ぷちぷちと黒い淀みの中で跳ね回っている。

僕は扉に手をかけ、力を込めて引いた。大きな黒い物体が中から転がり出てきて、驚いて飛び退った。死体だった。大きな男の死体が、箱の中から床の血だまりの中へと倒れ込んだ。曲がった四肢。穿たれた眼窩。剝き出しになった骨。腐り落ちた肉の畝《うね》には、びっちりと蛆が詰まり、残された獲物にありったけの食欲を発揮している。

一拍遅れ、先ほどとは比べ物にならないほどの異臭が押し寄せた。胸を内側からえぐりつけ、生命の危機を知らせるような。

強い雨がコンクリの床を打ち始める。不意に、盲臭婆のぎょろりとした眼球が頭の中に浮かんだ。果たして、これは現実なのだろうか。それとも正気を失った僕が作り出した、単なる妄想なのだろうか。あの日、老婆が幼い僕の目を覗き込んで捕まえた、幻視の破片なのか。

「ルゥ」

突然後ろから声をかけられ、僕はハッとして振り返った。

ウォンビンが立っていた。

「ウォンビン、」

彼は驚いた様子もなく、微動だにせずこちらを見ていたが、やがて諦めたように息を吐くと

「臭いだろ」

と言い、僕の隣まで歩いて来た。

「おい……これ、」

「バオフゥ。組のボス」

死体を見下ろす。彼の、お気に入りの革靴に赤黒い血が染み込んでゆく。

「お前がやったのか」

ウォンビンは答えない。愚問だとでも言いたげに、ゆっくりと首を回し、顔に張り付いた髪を払いのける。

「な、んで」

「七年前」

雷鳴と同じ密度で、彼の声が耳奥に響く。

「お前と最後に会った日のこと覚えてるか」

僕は頷いた。当たり前だ。今でも鮮明に思い出せる。

「あの日からなんだ、俺が組に入ったの」

ウォンビンはこちらを見ないまま話し続ける。一語ずつ絞り出すようにして。

「俺は最初、盲梟婆の占いなんて信じてなかった。けど、考えが変わったんだ。あの婆さん、ずっとこの街に住んでただろ。誰よりも長く。ひょっとしたら、俺の両親を殺した犯人についても、何か知っているんじゃないかって」

「会いに行ったのか」

「ああ。……それで知った。俺の親父、組の仕事に関わってたんだ。博打の借金を返すために、組のやつに頼まれて薬の運び屋をしてた。お袋もそれを手伝ってた。そのうち足がつきそうになって、組を継ぐ前のバオフゥに口封じのために殺された」

ウォンビンの声に熱がこもりはじめる。

「俺、お前に言ってなかったよな……弟も妹も、俺が便所から帰ってきたら殺されてたんじゃないんだ。俺、聞いてたんだ。家の裏口のドアんとこで、弟と妹が、こいつに嬲《なぶ》り殺される一部始終を」

彼は死体を睨んだ。仰向いたバオフゥの死体は、眼窩に虚無を溜めたまま、黙って天を仰いでいる。

「本当はすぐにでも、助けてやりたかった。けど、できなかった。俺、怖かったんだ。兄貴として、何もしてやれなかった。弟と妹がこいつに弄ばれるのを、震えながら見過ごしたんだ。そのうち、人が出てくる気配がして、俺は慌てて戸口から離れた。物陰に隠れて、やつらが立ち去るのを待った。弟と妹の死体は」

そう言った途端、ウォンビンは口元を押さえた。彼のこんなにも感情的な声を、僕は彼と出会ってから初めて聞いた。

「両親よりも、ずっと損傷がひどくて、」

吹きつける雨は血だまりを広げ、臭いを散ずるどころか一層強く立たせる。死体に張り付いた蛆たちは、雨粒に打たれてぼとりぼとりと血の池に落ち、びちびちと跳ね回る。

「盲梟婆は俺にこいつの趣味を教えた。俺はこいつに近づくために組の下っ端の男と取引して、こいつと会う機会を得た。こいつは目論見通り俺を気に入った。こいつ、混血を憎んでるんだ。痛めつけるのにためらいがない。その代わり、それでしか興奮しない。変態なんだ。俺はこいつに組に入らせてくれと頼んだ。こいつのそばで、殺す機会をずっと窺《うかが》ってた。護衛なしで、二人きりで行動するチャンスを、ずっと」

僕は口を閉ざした。すべてが理解できたのだ。この前の祭の時に見た、ウォンビンによく似た女の横顔。ミミの急いた様子。白い大きな包み。

「こいつは普段から、俺に女の格好をしろとうるさかった。俺はこいつに持ちかけた。祭の日、俺が女のふりをして、誰にも気づかれないよう二人で出かける。護衛もなしだ。組の皆には見られたくないと言い張って、ミミの売春宿で待ち合わせることにした。俺はミミに協力を頼んだ。宿でやつを殺し、荷車でここまで運んで来た。みんな浮かれてる。死体が通りを駆けてたところで、誰も気づかない」

「ミミは知ってたのか」

「彼女にだけは話した。ミミの母親も、実はバオフゥに殺されたんだ」

僕は息を飲んだ。

「ミミの母親は昔、こいつの情婦だったんだ。ミミにまで手を出そうとしたこいつを止めようとして、目の前で殺された。ミミも、ずっとこいつを憎んでた」

やっと分かった。彼らとの間に引かれていた一線がなんであったのか。同時に呆然とした。こちらが無二の友人と思っていた彼らの、耐え難き過去に。

「けど、なんでこんなところに、」

「骨」

ウォンビンは小さく呟いた。あまりにも小さくて聞き取れないほどの声で。

「え」

「なぁ、ルゥ、俺は甘かったんだ。俺はずっとさ、どんなに悪逆非道なやつでも、体のどこかに、ちったあ綺麗な部分、残してるもんじゃないかと思ってたんだ。どこかに少しは、許せる余地があるんじゃないかって。けどな、組に入って七年、こいつの行いを間近で見てきて分かった。こいつは正真正銘のクズだ。人を殺すことを何とも思わない。組のためとか金のためとか、分かりやすい動機がありゃマシだよ。けどな、こいつは自分のプライドのために、平気で人を殺すんだよ。自分が誰よりも凄いって、周りに分からせるためだけに、簡単に人を殺すんだ。虫けらみたいに」

言うなりウォンビンは死体の頭を踏みつけた。ずるりと頭皮が剝け、残っていたわずかな顔の肉が一緒に崩れ落ちる。

「最初は海に捨てようと思ってた。けど、やめたんだ。俺はこいつの骨が見たい」

ウォンビンの顔がくしゃ、と歪んだ。

「肉、ひん剝いて、血、洗い尽くして、それでも残るこいつの骨が、一体どんな形、してるのかをさ……俺と家族をこんな目に合わせた、腐れ外道の魂が、一体、どんな形、してるのかを」

「ウォンビン」僕はつぶやいた。その名を唇に乗せるのをためらうほど、彼の顔貌は見たことのない様相を呈していた。僕は、彼の生命力がどこからくるのか知らなかった。それがこんなに暗く、憎しみに血濡れたものだということも。

これが本当に、彼の望んだ光景なのか。七年越しの、彼の達成された願いなのか。

「そういうことだったのか」

野太い声が背後から響いた。

驚いて振り返ると、屋上の入り口にドゥアが立っていた。手には拳銃が握られている。

「やっぱりそうだった。俺はお前なんじゃねぇかと思ってたんだよ」

いつもの粘っこい口調でそう言うと、やつは銃を掲げた。ウォンビンに狙いを定め、ゆっくりと近づいてくる。

「ボスは消える寸前、色の白い女と一緒にいたって話だ……色の白いってのが気がかりだったんだよ。この界隈じゃ西方系の女は滅多に見ない。高く売れるからな。お前以外に、そんなやつはこの街にはいねぇ。そしたら、なあ、やっぱりそうだった」

ウォンビンは動かない。青ざめた顔でドゥアをまっすぐに睨んでいる。

「俺はよ、お前をずっと臭いと思ってたんだよ。ボスに従順なふりして、どこか冷めてやがる。気に入られてるくせして、出世にも金にも興味を示さない。そういうことだったのか」

僕たちから数メートルの距離で、やつは立ち止まった。雨飛沫《しぶき》の中でもはっきりと分かる下卑た笑いを浮かべ、彼は嬉しそうに続ける。

「まったくお前は大した野郎だよ……俺たちをすっかり騙して、組長まで殺しちまうんだから、本当に男の風上にも置けない腐れ売女だ」

「その売女に、ボスがいない隙に事務所で迫ってきたのはどこのどいつだ」

いつもと違わぬ涼しい声でウォンビンが言った。ドゥアの顔が醜く歪む。次の瞬間、轟音が鳴り響いた。ドゥアが発砲したのだ。ウォンビンは身を翻して配電盤の後ろに隠れた。僕も慌ててそれに続く。すぐさま何発か銃声が轟く。

「ふざけやがって」ドゥアが吠えた。「二人ともズタズタに引き裂いて、目にもの見せてやる」

「ルゥに手を出すな」ウォンビンが叫んだ。「こいつは関係ない」

「俺はよ、お前らみたいな半端もんがいることが許せねえんだよ……俺らは違うって顔して、馬鹿にしやがって」

びしゃ、という足音が聞こえた。ドゥアが近づいてくる。狭い屋上に、これ以上の逃げ場はない。

その時だった。配電盤に背を向けて隠れた僕たちの前方、遥か遠くの空にひときわ太い雷光が走った。視界が緑色に染まる。ほぼ同時だった。ウォンビンの身が、視界の隅で翻る。次の瞬間、耳が潰れるほどの凄まじい轟きとともに、これまでにない量の閃光があたりを包み込んだ。

「ウォンビン!」

落雷にたじろぎ、ドゥアが目を閉じた一瞬の隙だった。ウォンビンが配電盤の裏から飛び出し、ドゥアの腕にかじりついた。そのまま二人は床に転がる。

「てめえ!」銃を奪い取ろうとするウォンビンを、ドゥアは必死で振りほどこうとする。僕は加勢しようと飛び出した。ドゥアが握りしめる銃の先が、こちらを向く。

あっと思った時には遅かった。

突然、足に奇妙な感覚が走った。最初、僕の脳はそれを痛みと認識せず、熱い湯をかけられたような感じがした。一拍置き、全身を切り裂く痛みがその箇所から駆け巡った。

「お前から先にやってやる」

僕は立っていられず、地面に倒れこんだ。ドゥアが凄まじい形相で銃を再び構えるのを、視界の端で捉えた。ウォンビンがそれを止めようとする。身動きができない。

二発、三発、轟音が耳のすぐ横で響いた。銃弾がアスファルトを削り、礫が顔を打つ。僕は必死で顔を上げ、二人の方を見る。

ウォンビンが銃を握ったドゥアの右手に噛み付いた。ドゥアはぎゃっと叫び、銃を取り落とした。銃は雨に濡れた地面を滑りこちらへと転がってくる。

死に物狂いだった。僕は這い蹲《つくば》り、力を振り絞って銃に手を伸ばした。ドゥアが獣のような咆哮を上げる。ウォンビンを突き飛ばし、こちらに向かって駆けてくる。ウォンビンはドゥアを羽交い締めにして食い止めようとする。

僕の指が銃に触れた。燃えるような足の痛みは銃身を摑んだ途端に不思議と引いた。立ち上がり、ドゥアに向かって構える。ドゥアの顔から血の気が引くのがはっきりとわかった。唇がわななき、濁った目が見開かれる。

「よせ、やめろ！」

ウォンビンが叫んだ。まっすぐにドゥアの額の中心に狙いを定める。意識は霞が取れたように鮮明だった。ウォンビンの、困惑と逡巡《しゅんじゅん》の入り混じった顔が視界に入る。

「ルゥ、ダメだ、お前は」

僕はためらわなかった。いや、ためらう余地すらなかった。一瞬ののち、再び白い閃光が視界を染め、同時に僕は指に力を込めた。

その刹那、僕が僕でなく生きてきた年月の記憶が、弾丸と同じ速さで飛散して行くように感じられた。ドゥアの眉間に銃弾が吸い込まれてゆくのをまるでコマ送りのように見届けながら、僕は、七年という月日、偽の人生が崩れ落ちてゆく音を、雷鳴とも、ウォンビンの制止する声とも、銃声とも分からぬ轟音とともに、はっきりと聞いた。

撃った後、僕は再び頽《くずお》れた。体が地面に着く寸前、額から血を流したドゥアが仰向けに倒れ、ウォンビンがこちらに向かって駆け寄るのが見えた。

「ルゥ！」

倒れ込んだ視界の中、じわじわと足から染み出した血が水溜まりに蔓模様を描いてゆく。僕はなぜか安堵していた。助かったことへの安堵ではない。帰るべき場所に帰ってきたことへの安堵だ。深い深い、骨から滲み出るような解放と、迫り上がる痛みとが体の中で拮抗する。

「今度は間に合った」

僕はウォンビンに言った。途切れそうな意識の中、自分が微笑んでいることが分かった。

「馬鹿、何言ってるんだ」

怒りとも悲しみともつかない顔で、彼は僕を覗き込む。全く異なる表情なのに、それはなぜか、七年前、光さす路地で手をつなぎ、僕の方を振り返った彼の、あの微笑みと重なって見えた。

彼はずっと、ここにいたのだ。僕の本質の中に。この街の雨が作り出す、泥濘の中に。

ウォンビンの熱い背中を胸に感じながら、僕は目を閉じ、深い深い暗闇の中へと落ちていった。


朦朧とした意識の中、ウォンビンの話し声が聞こえる。

今、何時だろう。

「先生、やってくれよ。頼むから」

先生？　先生って誰だ。

僕たちは一体、どこにいる。

「ああ、そうだ。時間がないんだ。明日の朝には、俺は」

やるって、何を、そう問いかけたくとも喉は固くこわばり、息すらも通さない。瞼は重く、溶接されたように開かない。

話し相手のたじろぐ気配が、意識の中に滑り込む。

何かが頬に触れた。ウォンビンの指先だった。その感触にほっとして、深く息を吐く。閉じた瞼の裏側、真っ暗な視界に彼の声が響く。深く、浅く。潮騒のように。

やがて彼の気配が僕のそばから離れた。ドアの閉まる音。再び、静寂が訪れる。

どこに行くんだ、ウォンビン。

僕を、お前の世界から退けようとしないでくれ。

意識は再び後退して行く。

僕はまた、昏い世界に一人、押し戻される。


白い、硬質な光が瞼を刺す。僕は覚醒した。紙を透かし見たように視界は霞んでいる。

一体、何時間寝たのだろう。

体を跳ね起こした。途端に激しい痛みが全身を襲い、あまりのことに呻いて再び倒れこんだ。

「……っ」

関節という関節はネジで止めたように軋み、動きを妨げる。身体中の筋肉はがちがちにこわばり、硬いマットレスに反発する。天井が目に入った。四つの電球が取り付けられた金属製の照明が、眩しい光を注いでいる。

「痛むか」

声をかけられ、視線だけを動かして横を見た。ウォンビンが僕を見下ろしている。

「ここは」

窓のない狭い部屋の、壁際にはぎっしりと薬棚が並んでいる。盲梟婆の店にあったような古臭いやつではなく、スチール製の西洋式のものだ。中には手術用具や薬がぎっしりと詰まっている。消毒液の臭いがツンと鼻を突く。

「知り合いの医者のとこ。前から世話になってるんだ」

ぶっきらぼうに彼は言った。青ざめた顔は白い光の中にいまにも溶け込みそうだ。

「足、処置してもらった。とりあえずこれ以上は悪くはならない」

言われて僕は首を持ち上げ足を見る。右足にはギプスが嵌《は》められていた。記憶が蘇る。燃えるような痛み。引き金を引く指の重さ。体を打つ雨の冷たさ。ウォンビンの背の熱さ。

「お前が運んでくれたのか」

身の危険が去ったことを知り、僕は胸を撫でおろす。

「お前は大丈夫か。どっか、怪我してないか?」

彼は黙っている。何かの痛みに堪えるように体をひねり、肩を固くこわばらせている。様子が変だ。

僕は無理やり起き上がった。彼の全身が目に飛び込んでくる。

ぎょっとした。

最初に覚えた違和感を、僕は意識が朦朧としているせいだと思った。

しかし、そうではなかった。

彼は白いサマーニットに細身のジーンズを身につけている。見覚えのあるものだ。しかし、その輪郭は以前から知る彼のものではない。

こちらを向いた彼の胸部は丸く膨らんでいた。ニットを柔らかく押し上げ、限界まで引き伸ばしている。その下に続く細い腰は元の彼のものだ。しかし臀部は再びはちきれそうなほど盛り上がり、デニムをきつく押し上げている。

顔立ち、背格好、声や物腰は確かに彼だ。違うのは体だけ。まるで誰かと取り替えたようだ。そう、今の彼の姿はまるで……。

「ちょっとだけいじってもらったんだ。組のやつらは俺を血眼で探すだろう。姿を変えちまえば気づかれない」

まじまじと見つめる僕を、彼は一切動じずに見返した。

「だからって、お前」

「魂はさ、骨に宿るんだろ」

僕が全てを言い切る前に彼は言った。どんな人間をも納得させんとするような、明瞭な声で。

「だったら、姿形が変わることなんて俺にとってはどうってことない。生き延びるためなら何だってする」

彼は薄く笑みを作った。その目には、あの幼い頃と同じ強い光が宿っている。

彼の背後の扉が開き、白衣を着た老人がゆっくりとした足取りで入って来た。

「先生」

ウォンビンが振り返って言った。老人の眉は目を覆うほど長く垂れ、瞳は見えない。髭も同様に限界まで伸ばされ、表情を隠している。

「どうだ、調子は」老人は落ち着いた声で彼に向かって尋ねた。

「流石《さすが》に痛いけど、これくらいなら何とかなるよ」

ウォンビンは答えた。口調はそっけないが、彼に気を許しているのが分かる。

老人は僕の寝ている診察台の脇にまで近寄ると、いきなり足を持ち上げた。途端に脳天まで突き上げるような痛みが走り、僕は思わず悲鳴をあげた。

「我慢しなさい」

老人はウォンビンに対するのと同じように淡々とした口調で言うと、僕の足をあちこち触った。狼狽《うろた》えつつ、歯を食いしばって痛みに耐える。あまりにいろいろなことが起こりすぎて、意識がついてゆかない。

「大丈夫そうだな。あと数日もすれば、動けるようになるさ。……少しは不自由するかも知れんが」

老医師は手を離してそう言った。ありがとう、先生、とウォンビンが言う。彼が再び扉から出てゆくのを待って、ウォンビンは僕の方を向いた。

「お前、ここにしばらく居ろ。様子を見て家に帰れ。俺は明日ここを出る」

言葉を失っている僕を置き去りにしたまま彼は続けた。

「地下水路、あるだろう。あそこに潜って、隣の街まで歩く。この病院、地下でつながってんだ。『いわくもの』の逃げ道ってわけ……あとは国道まで出て、車を捕まえる」

ウォンビンは壁に目をやった。先生が出て行ったのとは別の方向の壁に、鉄の扉がある。僕は耳をすませた。外科用ライトのジ、ジというかすかな音の合間を縫い、雨のような水音が、かすかに壁の向こうから聞こえる。

「シャオイーはさ、ずっと組を抜けたがってたんだ。俺が手引きして、ここから逃がしてやった。シャオイーだけじゃない。組でやってく度胸のない孤児どもはみんなそうだ。ドゥアはそれを恨んでたんだな」

「お前、これからどこに行くつもりだ」

「……橙京《ダイキョウ》」

「僕も行くよ！」

僕は身を乗り出した。

「ダメだ。お前は家に帰れ」きっぱりと彼は言った。

「ドゥアを殺したのは俺だ。お前は何も見てない。足のことは、喧嘩に巻き込まれたとでも言うんだ」

「何言ってんだよ、ウォンビン。それなら、僕がバオフゥ殺しの罪を被る。僕だって乞骨街出身なんだ。あいつらと因縁があったっておかしくない。僕が殺したことにしてお前は逃げろ」

「あいつらに捕まるってことがどういうことなのか、お前は知らないからそんなことが言えるんだ」ウォンビンが声を荒らげた。「俺が二人を殺したことにして、お前は元の場所に帰れ」

「お前と僕が一緒のところを連中は何度も見てる。お前の行き先を吐かせるために、僕を探し出して捕まえるに決まってる」

「警察に匿ってもらえ。お前はあっち側の人間だ。巻き込まれる必要はない」

「一生警察署に居続けるのか？　やつらの執拗さは僕だって知ってる。どれだけ年月が経とうと一度歯向かった人間には必ず制裁を加える。もう遅いんだ」

僕は思わず彼の肩を摑んだ。

「なあ、ウォンビン、また一人で行くのか」

不思議と体の底から力が湧いて出た。

「また僕を、置き去りにするのか」

ウォンビンは驚いたように僕を見つめる。

「僕は引き金を引いた時、覚悟を決めたんだ。覚悟ってのは、お前のそばに戻るってことだよ。……ウォンビン」

僕ははじめて――人生ではじめて、ウォンビンの頬に触れた。冷え冷えとした皮膚が手のひらに柔らかく吸い付く。

「いつか、こうなる気がしていたんだ」

押し殺していた予感。見せかけの安寧に、首まで浸かったふりをして。

「一緒に行こう、ウォンビン。僕たちは兄弟だろ」

「……お前はずっと、こっち側の人間じゃないって思ってた」

ウォンビンの白い手が、頬に置いた僕の手に重ねられた。

「どうして」

「分からない。……いや、ただの願いだ。俺の運命に、お前を巻き込むわけにはいかないと思ってたんだ」

「いつから」

「さぁ」逸らされた瞳は、決断を迷うように揺れている。

「……たぶん、最初から巻き込まれてるよ」お前と会ったその日から、そう言いかけて、僕は口を閉じる。

守っておやり、盲梟婆の声が、頭蓋の内側で鳴り響く。潮の香りが、手術室を満たす消毒液の臭いの隙にわずかに漂う。記憶の底からやってきたのか、それとも……。

ウォンビンは手を離すと、僕の目を見て言った。

「夜が明ける前に、ここを出る。足、いけそうか」

「なんとか」

「よし、じゃあもう少し休め。俺は向こうで寝る」

そう言うと、彼は部屋を出ようとした。

「ウォンビン」

振り返った彼の唇を、僕の唇が捕らえた。

一瞬のたじろぎのあとに、ウォンビンも唇を重ねてきた。唇で唇を挟み込む。貪るように侵入すると、互いの舌の温かさが絡みあい、一つに溶ける。

足の傷が燃えるように痛み、冷えた身体の中、そこと、彼に触れている箇所だけがひどく熱かった。

第三章

泥のように滑《ぬめ》りけのあるランプの光が、ウォンビンの横顔を照らしている。テーブルに俯《うつぶ》し、気だるげに手足を投げ出している。光の下、肌は一層白い。彩られた瞼はきつく閉じられ、永遠に開きそうにない。

「おい」無骨な声が背後から飛んでくる。「起きろ。出番だぞ」

ウォンビンはのろのろと起き上がる。蜜色にけぶる照明の中、浮き出た背骨が隆起し白いキャンバスに影をつくる。

ステージに出た彼を見て、客席からはどよめきが沸き立った。あからさまな嘲りの声、異質なものを遠巻きに見る時の冷笑。何十と並ぶ瞳の中に、彼の姿が映っている。ウォンビンは動かない。見られることを一身に引き受けたように、たじろぎもせず観客席を睨め付ける。

彼を狙い撃つスポットライトの光は、体の隅々まで、関節一つ逃さず露わにする。膨らんだ乳房も、不自然に盛り上がった臀部も、それとは釣りあわぬ少年のように細くあえかな肢体も。

張り詰めた空気の中、スピーカーから曲が流れ出し、会場を埋めてゆく。

ステージに立つ彼の胸が、ふわりと柔らかく広がる。

次の瞬間、神々しい声が会場中を包み込んだ。

音を乗せた彼の吐息が鼓膜を震わすたび、細胞が総毛立ち、体に痺れが走る。聞くものを制圧する、ウォンビンの歌声。肋骨はドレスの生地を押し上げ、会場の隅々にまで伸びやかに声を届ける。揺れる金の髪。白い肌。マイクを咥えるほど大きく開いた唇は獰猛に赤い。渦巻く熱気の中、別の世界を見据えるように、視線は凍てついている。

観客たちの目には戸惑いと陶酔のないまぜとなった光が宿っている。じっとりと暑い店内で、汗を拭くのも忘れて彼のステージに酔いしれている。

彼の歌う姿を見るうち、僕は僕の体が、中身を失った透明な皮膜となって、彼の体にかぶさるのを感じる。一組の魂として彼と僕とが結合するのを感じる。彼の鼓動が自分の内側にあり、二人分の熱い血液を、全身に送り込むのを感じる。

「ウォンビン」僕は小さな声で呟いた。隣の男に気づかれないくらいの小さな声で。

男の目もまたステージに釘付けだ。

ウォンビンは全身全霊でステージに立っていた。グロテスクな出し物を笑いに来た観客たちを、その歌声でぶちのめすために。

全身が彼の楽器だった。体のあらゆる洞、あらゆる隙間を鳴り響かせて、命そのものを音に変える。声そのものとなって熱波のようにホールを包み、シャンデリアから降り注ぐ光の粒を全身に浴び、今日この一夜に目の前に現れたもの全てを取り込み、更なる己の美しさに変えんとするように。

ウォンビン、僕のウォンビン。

その姿は、神に近かった。

ぢゃりん、と小銭の散らばる鋭い音が響き、僕は眺めていた新聞から顔を上げた。カウンターの向こうに立つ恰幅の良い紳士は、断りもなく棚から煙草の箱を一つもぎ取ると、そそくさと手を引っ込め立ち去った。

小銭のいくつかはカウンターからこぼれ落ち、僕の座る椅子の下に散らばっている。椅子を引いて屈み込み、指先で床を探る。隅で寝ていた猫が餌をもらえると勘違いして、伸ばした腕に絡みついた。顎下を掻いてやる。つまらなそうに店の奥に消えて行く猫を目で追いながらさらに腰を屈めると、右足の腱に鈍い痛みが走った。動かない身体はオイルを長年注さない工具のようだ。持ち主の意思に反してひどく軋むが、いざという時のために捨てるわけにもいかない。

煙草屋の店番の仕事を始めたのは一年前だ。この店の持ち主はここ一帯が不毛の土地だった頃から住むという重鎮の老婆で、日がな一日、根が生えたように店の奥から動かない。小銭が数えられ、またコソ泥から商品をくすねられるのを阻止さえできれば、雇う相手の素性などはどうでもいいという広い心の持ち主だった。たとえ一日の給金が小遣い程度だとて、足の不自由な僕にとって、日々の糧が得られるのはとてもありがたかった。日雇い労働に参加して動きが悪いと殴られたり、帰り道に後をつけられ、受け取ったばかりの給与袋をかっぱらわれるよりはよっぽどマシだ。

いくつかの街を経て、僕たちがたどり着いた橙京の街は、デジタル・シティとしてこの国で一番早く成長を遂げている最中で、生まれ出づるもの全てを取り込み上へ上へと成長するような猛々しいエネルギーに満ち溢れていた。しかしそれは、僕が住んでいた潮夏の、若々しい萌え木のような直線的な勢いとはまた別のものだった。絶えず乱雑に、散らかし放題で、溢れるものを飲み込みさらに醜く膨張してゆくような、濁りある獰猛さだった。

毎日のように労働者たちが地方から鉄道で運ばれてきては、バケツを返したように街に飛び散り、鉄くずや土煙や火花と同化してゆく。街頭のスピーカー、ビルに貼り付けられた巨大なテレヴィジョンは常に人々の頭上から欲望を刺激し、しかし人々は、その音に決して心までは操られまいと、注意深く蓋をし、互いを獲物にする瞬間を虎視眈々と狙っている。

繰り返される取捨選択、大いなる優劣の配列。貧しいものはもっと貧しく、富めるものはもっと豊かに。いつか息継ぎなどせずともたっぷりと新鮮な空気を吸える、そびえ立つビルの最上階を目指し、皆がそれぞれ懸命に足搔き、力の尽きたものから底に沈んで行く。

巨大な建物が絶えず空の形を作り変え、一方で古くからある小さな家々もまた、それには負けじと熱を吐き、人々を押し出し、生活の勢いで対抗する。瞬きする間に貨幣の価値は上がり、そうかと思えば急に降下し、今日のパンが明日には肉ほどの値になり、かと思うと卵一つ分になったりして市民の生活を混乱させ、それでもなお終わりのない螺旋階段を登るように、溌剌と上昇の一途をたどっている。

負けという言葉はどこにも似合わず、人々は栄光を夢見、いつかは豊かな生活が約束されると期待し、一日の終わりには今日の苦労は明日を夢見る代償だと慰めの泡を吐き、理想とは程遠いそれぞれの根城に戻ってゆく。その流れが、この小さな、僕たちの借りたアパルトマンから見える、無数に並ぶ窓の中で繰り返されていた。

排気ガスに汚れたビル壁が夕暮れによって一層黒ずんで見える頃、僕は仕事を終え、アパルトマンに戻った。

街の中心、古ぼけた老街《ラオガイ》の一角に僕たちの住まいはあった。人一人が通るのが精一杯の隘路に、マッチ箱を積み重ねたような集合住宅が密集している。黄や緑や赤の派手な看板、裸足で駆け回る子供や物乞いたちの姿は乞骨街を彷彿とさせたが、住む人々の性質には明らかな違いがあった。大都市らしい、他者の大いなる無関心。僕たちを安堵させ、その中に隠すもの。家々の窓からは、ラジオの音や夫婦喧嘩、大げさな睦み合いの声が家の中と変わらぬボリュームで漏れ聴こえ、プライバシーなどあってないに等しかったが、住人たちは巧みに互いの事情に関しては耳を塞ぎ、すれ違えば顔を背けあう。

歪んだ階段の手すりは体重をかけるごとにギイ、と大げさな音を立ててかしぐ。住み始めてから一年、歪みは日に日にひどくなる。一日のうちでこれが一番の重労働だ。四階までたどり着き、ドアを開けて照明のスイッチを入れる。裸電球が吊り下げられただけの、二間の部屋はひどく寒々しい。地震などあったらひとたまりもなさそうなこの安アパルトマンでも、部屋代は前の街にいた時の二倍はする。来月また上がるそうだ。

キッチンに立ち、鍋に牛乳を入れて火にかける。冷たい金属の肌を炎が撫で、赤銅色に焔《ひら》めいた頃に、飯を茶碗二杯分放り込む。粘りを帯びた気泡がふつふつと鍋肌を這い登り始めたら、ひとさじの砂糖を入れ、牛乳粥の完成だ。ウォンビンはこれを好んで食べる。この街では牛乳は贅沢品だ。この出費が彼の労働をさらに増やすことは頭では分かっているものの、一日のうちで彼が和らいだ表情を見せる滅多にない機会であることを思うと、仕方なく手を伸ばさずにはいられなかった。

家賃、電気代、水道代、食費。生活費のほとんどをウォンビン一人の稼ぎに頼っていることについて、彼が文句を言ったことは一度もない。

——友達を守っておやり——

今や、守られているのは僕の方だ。

夜も更ける頃、僕は再び家を出て、バイクに跨り近くの歓楽街に向かった。酒場のドアを開けた途端、割れるような大音量の楽曲とフロアの熱気が正面から押し寄せてきた。客の間をすり抜けながらカウンターに向かう。

「ユヂェン」

カウンターの隅に見覚えのある女がいた。この店の歌い手で、一番の古株だ。ユヂェンはつまらなそうにビールを舐めていたが、僕を見留めると唇から離して言った。

「あいつ、また上手くなったよね」

人いきれの向こうに、ステージに立つウォンビンの姿が見える。赤いドレスに身を包み、中央のマイクにしがみついて歌っている。ナンバーは流行《はや》りの映画の主題歌。酒場の主人が教え込んだのだ。

彼がこの店のステージに立つようになったのは一ヶ月前からだ。店の主人は元は彼の〝狐穴《きつねあな》〟の指名客だった。同伴で行ったカラオケのある店で、初めて聞いた彼の歌声に驚いてスカウトした。ウォンビンは人前に出ることを嫌がったが、〝狐穴〟で一日に稼げる額の一・五倍を弾まれしぶしぶ承知した。

ウォンビンはマイクを唇で撫でるように歌う。歌い方を知らない彼の精一杯の仕草だが、そそると客から評判だった。見よう見まねの身のこなしも、ステージに立つごとに洗練されてゆく。下手物《げてもの》を笑い飛ばしに来たタチの悪い客ですら、ひとたび彼が歌い出せば呆気にとられて静まり返り、一曲目が終わる頃にはすでに掌を拍手の形にして待っている。彼の、どこか投げやりな、仕方なくここに立っているのだといった態度、芸事を生業とする人間が取りがちな、自己顕示欲に満ちたパフォーマンスからはかけ離れた、ただ気だるげに佇んでいるだけの姿勢がかえって人を惹きつけた。煙が渦巻き、昼から酒の匂いが充満する酒場の隅、ビール瓶の箱の上にベニヤ板を敷き詰めただけの安っぽいステージの上でウォンビンは輝きを放っていた。まるでゴミの中から拾い上げられた宝石のように。

「あいつさぁ、結局男なの、女なの、」

ユヂェンが唇をひん曲げて言う。

「あの時はさ、もちろんあんたが上なんでしょ……女の声で喘ぐの?」

「どっちだったら嫉妬せずに済むんだ」

あらゆる憎悪を掻き集めたような顔で、彼女は僕を睨んだ。

「……役立たずのヒモが」

どう思われようと、僕らは気にしない。


ステージは喝采のうちに終わった。店のバックヤードにウォンビンが転がり込んでくる。

「あっちい」

胸元のボタンを引きちぎるようにして開くと、彼はドレスを乱暴に脱ぎ捨てた。椅子の上にどかりと腰を下ろすと化粧液を浸した綿でおざなりに化粧を拭う。アイシャドウが目の周りじゅうに広がり、白い皮膚を醜く汚した。

「そのまま服を着たら、襟が汚れるぞ」

「着せてくれよ。服に付かないように」

そう言うと僕に向かって腕を差し出した。今日はいつもより機嫌が悪い。安香水の香りがぷんと漂ってくる。梨の匂いだ。天井から吊り下げられたランプの光の輪が、コルセットで不自然に寄せあげた胸元の肉の上でたわんで跳ねる。

「見たか？　あいつ、俺の前に出てた女に向かって葉巻を投げやがった。客じゃなかったら、ぶん殴ってやるところだ」

ウォンビンが言っているのは、客席にいたハットの男のことだ。そいつは客席のど真ん中に陣取り、足を投げ出してステージを眺めていた。場違いな高級スーツに身を包み、この蒸し暑い最中、この場の貧乏くささを撥ねのけたいとでもいうように毛皮をこれ見よがしに羽織った女を脇に侍らせて。

「……忘れろよ。怒ってたらきりがない。それより早く汗を拭け」

そう言って僕は濡れタオルを渡してやる。窓のない部屋は蒸し暑く、そこらじゅうに出演者たちの衣装やかつらが引っかかり、まるで亜熱帯のジャングルのようだ。

「早く帰ろう。またヤオピンに拝み倒されるぞ。明日も出てくれって」

言うなりバタバタと扉の外で足音がして、乱暴にドアが開いた。小太りの男が汗だくで転がり込んでくる。

「おお、リーシェン、とてもいいよ。最高だ。明日も出てくれるよな？」

顔をしかめるウォンビンをよそに、ヤオピンは彼の足元に跪《ひざまず》き、ねばつく声で懇願する。

「俺は週一回って約束だ」

「頼むよ。今日の二割増しでどうだ。弁当もつけるよ。三割でもいい」

「明日は忙しいんだ。ユヂェンに頼めよ。俺と違って、客に媚び売るのがうまいし」

「ユヂェンじゃ目新しさがねぇんだよ……客席見ただろ。お前見たさに、新しい客がわんさと集まってる。それともなんだ、また〝狐穴〟に立つのか？」

「俺の勝手だろ」不機嫌な顔で立ち上がると、彼はヤオピンを見下ろした。彼がそうされるのが好きだと知っているのだ。その凍てつく視線を浴び、ヤオピンは汗まみれの顔を一層輝かせてウォンビンを見上げる。柵の中から餌をねだる豚のように。

「どうしてだよ、あんなとこより、ずっといい額払ってるだろ？　悪い話じゃないはずだ。なあ、頼むよ」

ヤオピンの顔の高さに、ウォンビンの腰がある。ドレスを脱いだままの下半身は、下着一枚をまとっているだけだ。前はきつく締め付けられ、股間の盛り上がりを目立たせないようにしているが、布地に反発してひどく苦しげだった。ヤオピンの視線はそこに向けられている。そのにやついた顔が無性に不愉快だった。

「とにかく、嫌なんだ」

ウォンビンは彼から体を背けると、急いでジーンズを履き、Tシャツを羽織った。

女物のタイト・スリム。ウォンビンの細い足をさらにきつく締め上げ、しなやかな形を強調する。ヤオピンはまだしつこく食い下がり、何なら前払いだ、と言ってウォンビンの手に金を握らせようとする。それを振り払い、ウォンビンはバックヤードの扉を開けた。僕も慌てて後に続く。細長い廊下を、ヤオピンの「あの金持ちそうな客さ、また明日も来るってよ。お前目当てなんだ」というねっとりした声が追いかけて来る。

「だったらなおさら来ねぇよ、馬鹿野郎」

裏口から路地に出た。ウォンビンはヘアピースをつけたままであることに気づいて、いらだたしげにピンを外した。汗に濡れた、金髪のボブヘアが露わになる。僕のよく知る、本当の彼の姿だ。

「腹減ったな。ちょっと買い食いしてこうぜ」

店の前の大通りには、ずらりと夜店が立ち並んでいた。故郷の夜市とは規模も、屋台の種類も、熱気もまるで異なる。揚げ菓子の甘い匂い、串料理の芳《こう》ばしいたれの匂い、大鍋で煮え立つ肉料理のぴりりとする山椒の香りが、次から次へと僕の鼻孔に流れ込み、胃を刺激する。

冰糖葫芦《ビンタンフール》の屋台の上では、飴をまとった果実たちが白熱灯の光を浴びて宝石のように光っていた。故郷にはない、この地方の名物だ。大小さまざまな果実を串でつなぎ、飴で冷やし固めた菓子はまっすぐに伸ばした首飾りのようだ。そのうちの一本を抜き取り、ウォンビンは小銭を乱暴に放って再び歩き出す。紅を落としきらない唇に、サンザシの赤い実が吸い込まれてゆく。

「ウォンビン」

前を歩く彼に声をかけ、上着を投げてわたした。フード付きのパーカーは分厚く、まだ暑い今の季節には不釣り合いだ。

「これ、着とけ」

「暑すぎんだろ」

「また、知らないやつにちょっかい出されたいのか」

ウォンビンは一旦は悪態をついたものの、舌打ちしながらパーカーを着込んだ。そのまま深くフードを被る。どんなに態度が荒くても、彼は僕にだけは逆らわない。

おかまの男娼とそのヒモ。傍目にはそうとしか見えないだろう。僕たちにとってはかえってその方が都合が良かった。本当に隠したいことは、誤解の積み重ねによって深く埋もれさせておく方が良い。かすかにでも弱みを見せれば、それをネタに強請《ゆす》ってくる相手がこの街にはごまんといる。

夜気は蒸し蒸しと暑いが、空の色は深い青色で、高いビルの隙間をしっとりと埋めている。排気ガスに淀んだ空気を時折、ひやりとした風が揺らし、昂る気持ちを落ち着かせる。もうすぐ秋が来る。この街に来て早三年が過ぎた。あとどれだけ居るのか、僕も、きっと彼も知らない。

「ウォンビン、お前、本当に明日出ないの」

僕の言葉に彼は立ち止まった。振り返り、僕を睨む。

「なんでだよ」

「いや、別に……いい話じゃないか、と思って」

「金が要るのか」

彼は僕をじっと見据えた。色とりどりのネオンに紛れ、瞳の色までは摑めない。

「違う。そうじゃないよ。僕はただ」

足の悪い僕に代わって稼ぐため、ウォンビンは毎夜〝狐穴〟に立つ。崩れそうな雑居ビルを無理にベニヤで仕切っただけの店で、不潔っぽく、病気になるのは時間の問題だった。あまりの待遇の悪さに女がすぐに逃げ出すので働き手が足りず、そこに付け入りどうにかウォンビンを雇ってもらっているのだ。

僕は彼の仕事には触れないから、ウォンビンが店でどんなことをしているかまでは知らない。けど、毎夜疲れ切った顔で帰宅する彼を見れば、無理をしていることは明白だった。

「分かってるよ、そのほうが楽だって言いたいんだろ」

彼は雑踏の中、振り返りこちらを見ている。着飾らないその姿は、心なしか一回り小さく見える。

「けど、わざわざ足がつくような真似はしたくない。今だって、お前と俺と、二人、なんとか食べていけるだけの稼ぎはあるだろ。それでいいんだ」

そう言うと、彼は有無を言わさぬように人混みの中を進み始めた。僕は足をかばいながら、彼を見失わない程度のスピードでゆっくりと進む。


この街に流れ着いてすぐの頃、彼がひどい姿でアパルトマンに帰ってきたことがあった。目元は醜く腫れ、足元はガクガクと震えている。床へ倒れこむ彼を慌てて支えると、僕は足を引きずりながらなんとかベッドまで運び込んだ。

「ちくしょう、あいつ、俺が〝処置済み〟じゃないと知ったら途端にひどい扱いしやがった」

うつ伏せになったウォンビンのスカートを腰まで捲《まく》り上げ、下半身を露わにする。下着はつけていなかった。足を開かせ、内側を裸出させると、奥はひどく傷つき、安物の魚卵のように赤くただれていた。性器によるものじゃない。

冷たい布で血を拭い去った。戸棚から軟膏の瓶を取り出し、中指にたっぷりと盛り、足を開かせて差し入れる。ウォンビンは身をよじり、枕に歯を立て獣のような声を上げる。

「あいつ、殺してやる」

ウォンビンはがたがた震えながら痛みに耐えている。鼻水と涙の混じったものが気管を行ったり来たりする音が響く。

台所で手を洗い、冷蔵庫からウォッカを取り出しコップに注ぐ。ベッドの枕もとに近づき、枕に顔を埋めた彼にささやきかける。

「飲めるか」

半分だけこちらを見た。白い枕の色と対照的に赤黒く腫れた顔色がひどく痛々しい。その中心の瞳の中には、憎悪の色が燃えている。

ウォッカを口に含む。伏せた相手に液体を飲ませるのに最適な器官を僕は一つしか持っていない。顎を引き寄せ、呼吸に合わせてゆっくりと口うつししてやる。ごくりと喉のなる音がし、やがて、彼は大きく息を吐いた。はだけたドレスの胸もとから、白い肌が覗く。

荒い息の音は、次第に安らかな寝息に変わった。僕は軟膏やグラスを片付けると、隣のマットレスに寝転がった。カーテンをつけない窓から差し込んだ街の灯が、天井に歪な形で張り付いている。

汗を流そうとバスルームに向かった。洗面台の上の鏡には、痩せた、無力な男の貌《かお》が映っている。力まかせに鏡を殴った。行き場のない怒りが身体中を支配していた。

僕が彼をこんな目に合わせているのだ。

いつまで、彼をこんなに過酷な労働に従事させなければならないのだろう。生活を続けるのは、この先に何かがあると信じられるからだ。しかし、僕たちには取り付く希望が何もない。水面に浮かぶわずかな泡沫程度さえも。

翌日もハットの男は僕たちの前に現れた。ヤオピンの酒場じゃない。〝狐穴〟の方にだ。

「お前、うちの店で歌えよ」

ツァオと名乗るそいつは、仕事を終えて裏口から出てきたばかりのウォンビンを捕まえて言った。

「給与はヤオピンの店の三倍出す。衣装代も化粧代も全部、こっち持ちだ。専用の楽屋だって用意する」

「お前、俺の前に出てた踊り子に向かって煙草を投げたろう」

ウォンビンは上半身に力を込め、ありったけの敵意を剝き出しにしてツァオを睨みあげた。

「べつにあの店に思い入れがあるわけじゃねぇが、俺はそういう人間はどんなやつでも許せねぇんだ」

「あんまりに下手なもん見せるから、腹が立ったのさ」

ツァオは白いハットのつばの奥、狐のような細い目で彼をにやにや見下ろしながら言う。肌はウォンビンより一層白い。艶やかな銀色の髪が一筋、ハットから溢れて蒼みがかった頬に落ちている。表の世界の人間にはとても見えない。かといって、世間の裏道を行く人間たちの後ろぐらさ、どこか生気を吸い取られたような陰鬱さは、微《み》塵《じん》も感じられない。

「俺はほんものにしか興味がないんでね」


「グラン・ギニョル」は橙京の新興エリアのど真ん中、外国人向けの娯楽施設やカジノの立ち並ぶ目抜き通り沿いにあった。巴里《パリ》に一九六二年まであった見世物小屋兼小劇場を模している。客は上流階級の外国人のほか、上級官吏や外交官、新興企業の社長連中だそうだ。

「どうだ。豪勢だろう」

僕らを半ば無理やり車に乗せ、この店まで連れてきたツァオは、ステージの上に立つと大仰に腕を広げて出迎えた。

「悪趣味だな」

ウォンビンはホールの真ん中から天井を眺め回しながら言った。円形のステージは純白のライトを浴びてまばゆく輝き、泥のついた靴で登るのをためらうほどだ。

「その悪趣味なものを見に、橙京じゅうの金持ち達がこれから集まるのさ」

ツァオはこの街にわんさといる新興企業家の一人で、バーやショーパブを何軒か経営していた。中でも近日オープンするこの店は、これまでで一番、多額の投資を受けて建設した自慢の店らしい。実際、グラン・ギニョルの設備はヤオピンの店とは段違いだった。高いドーム形の天井からは、豪奢なシャンデリアの光が大理石の床につやつやとした光の珠を落とし、そこに並ぶ重厚なテーブルや椅子をより一層高級そうに見せている。八本の支柱には彫刻が施され、間にはめ込まれたステンドグラスと共に建物全体に繊細な印象を加えていた。螺旋を描いて広がる円形の観客席は入り口に向かって傾斜し、どこからでもステージを眺められる。ステージの両端を包む分厚い天鵞絨《ビロード》のカーテンは、濃い影を幾重にも襞に刻みながらゆったりと床に溢れ、その奥への期待を一層かきたてている。壁じゅうに取り付けられたスポットライトは、ツァオが指を鳴らすごとにしなやかに角度を変え、ホール全体をタンポポの綿毛のように白い光でふわりと包み込んだり、そうかと思うと深海のような濃いブルーに沈めたりと、完璧な光の演技をして見せた。ヤオピンの酒場の、床にまだら模様を作る安物の照明とは大違いだ。

「ここで見せるのは、一流のダンサーや歌手によるショーだ。国民バレエ学校を出た踊り子だっている。病気持ちの女とおかまの娼婦だけが出るような場所じゃない。酒一杯が、〝狐穴〟でお前を一晩買うぐらいの値段はする」

ツァオはウォンビンに、ステージに立て、と促した。ウォンビンは階段を使わず、ステージに片手をついて飛び乗るとまっすぐツァオの前まで歩んだ。僕はホールから二人の姿を見上げる。僕より上背のあるツァオと並ぶと、彼はまるで子供のようだ。

「そんな高級クラブさんが、なんで俺なんかを雇うんだよ」

「新しい店には、話題が必要なのさ。それに、下手物が一匹居れば、美しいのがより引き立つだろ」

彼はゆらりと頭を回すと、手に持っていた葉巻を口に咥え、煙を吐いた。容姿に不似合いな濃いバニラの香りが、僕の所にまで届く。ウォンビンは眉間に皺を寄せる。

「だったら、お前が女装してステージに立てば」

「まあ、聞け。俺はお前と喧嘩したくてここへ連れて来たわけじゃねえ。貴重な時間を無駄にしたくはない」

彼はウォンビンをまっすぐに見据えた。

「お前、何から逃げてる」

ウォンビンの、ツァオを睨みつける視線がわずかに揺らいだ。

「お前、南部育ちだろう。なまりがある。けど、白いな。俺みたいに――生まれは」

「區娘《クーニャン》」

ウォンビンは嘘をついた。農村らしい名を適当にでっち上げる。

「そのひょろっこいなりで農村の出だとでも？　嘘が下手くそだな」

ツァオはニヤリと笑うと、手に持っていたステッキを持ち上げ、先端でウォンビンの頬にかかった髪をすくった。

「別に俺はお前が何を隠してようが構わねぇ。興味もねえ。あるのはお前の商品としての価値だけだ。ただ、その邪魔になるような過去を消すことはできる……この街じゃ、戸籍のＩＤなんて正月の紙吹雪みたいなもんだ。いくらでも作れるしいくらでも消せる。金さえあればな。お前が望みさえすれば、俺はお前の欲しいものを与えてやれる……お前だって、それを求めてこの街に来たんだろう」

斜めにウォンビンを見下すツァオの、切り立つ鼻梁から眉にかけて蒼い影が走り、冷酷な印象をより深くする。

「ただしそれは、お前がうちの店で本当に役に立つか判断してからだ。舞台に立たせて、まったくのでくの坊じゃ、穴に突っ込む以外の価値もねぇ」

「何を勘違いしてるか知らねぇが」

ウォンビンはステッキの先をはね退けた。

「そんなもの、俺には必要ねぇ。色が白いのは、体が弱くて陽に当たらずに育ったせいだ。他に稼ぎようがないから、この仕事をしてる。金が貯まったら、すぐに故郷へ帰るさ。だからお前の店には立てない」

「お友達と一緒にか」

ツァオはこの時はじめて僕に視線を向けた。

「故郷に帰って、結婚式でもあげるか？」

ウォンビンは答えない。ツァオのせせら笑いを黙って見つめている。

「なあ、お前、自覚しろよ……狼の子はな、死ぬまで狼なんだ。虎にも、狐にもならない。もちろん、犬にもな」

「どういう意味だ」

「その体つきを生かせってこと。……お前、骨相学って知ってる、」

「なんだ、それ」

「人間の優劣はな、生まれつき決まってるんだよ。才能のないやつはいくら努力したってだめだ。生まれた環境だけじゃねぇ。何百年も前の、祖先から受け継いだもんで俺たちの人生は決まる。その代表が、骨格。南部の民族の骨は硬くて丈夫で太い。農耕に向いてる。その代わり、頭蓋骨は小さい。ばかで、単純。西部の人間は農耕には向かないが、芸能向きの美しい骨格を持っている。北部の人間は、頭蓋が南部の人間よりも一・二倍大きい。複雑な思考に向いてる——今は、思考の時代だ」

「お前は」

「俺は北方系だ」

「じゃあ、その説は嘘だな」

ツァオは鼻を鳴らして笑った。黙っていれば、この男は美しい。けれども笑った時に右頬にだけ走る皺が、内に隠された酷薄さを浮き彫りにする。

「俺ならお前にふさわしい舞台を用意してやれる。安酒場の主人とは違ってな。その上で、磨いてやれる。一流の商品として仕上げてやるよ。金持ちからあるだけ絞り上げられるな」

「興味ねぇって言ってるだろ」

ウォンビンは勢いよくステージから飛び降りた。そのまま後ろを振り返らずに出口を目指す。

「いいか、ほんものを探せよ。俺みたいなにせものじゃなくって」

「金持ちからうまく大金巻き上げてさっさと故郷に帰るのと、貧乏人から病気もらって故郷に帰る前にくたばるのと、どっちがいい？」

ツァオの張りのあるバリトンが、広いホールに響く。

「……病気持ちかどうかは身分に関係ねぇだろ」

ウォンビンは振り返らない。扉を乱暴に押し開ける。蒸し暑い外気が僕らを店内に押し戻すように流れ込んで来る。

「来週、またあの店に行く。それまでに心決めとけ」

分厚いドアの隙間をすり抜けて届いた声が、ねっとりと鼓膜に張り付いた。


やけに静かな夜だった。近所の工場《こうば》から流れてくる鉄の匂いが、窓の隙間から風にのって鼻孔に届く。僕は寝付かれず、マットレスから上体を起こした。

向こうのベッドに横たわるウォンビンの肩が、月明かりの中、規則正しいリズムで波打っている。

「ウォンビン、起きてる」僕は声をかけた。

彼は動かない。

「……お前、やつの店のステージに立てよ」

「お前までそんなこと言うのかよ」

あちらを向いたままの彼が、背中越しに答えた。

「あんなやつの下で働くなんざごめんだ」

「あいつじゃなかったら、受けたのか」

「言っただろ。目立ちたくないんだ。面が割れたらどうする……南部育ちの、色白の、おとこおんなの」

月明かりは冴えきり、影との境目は切れそうなほど鋭い。

「ヤオピンの店だって、しつこく頼まれたから引き受けてんだよ。あんなの、絡まれて、笑われて、面倒くさいだけだ」

僕は寝返りを打った。ウォンビンに背を向ける。迷ったが、思い切って言った。

「けど、お前、歌うの好きだろ、」

背後の気配が、わずかにたじろいだ。眠気に重く淀んだ部屋の空気が浮き立つ。

「……そんなことは、」

「だったらどうして、歌っている時にあんな顔をする」

衣擦れの音がする。彼がこちらを向くのが分かる。

「あんな顔って、」

「気付いてないのか」

僕は慎重に声を出した。伝えるのに、なぜだか躊躇した。

「お前、向いてるよ、歌うの。いいじゃないか、やつの申し出を受けろよ」

どうしてそう、幸せになるのを避けようとする？

ウォンビンは頑なに、自らを差し置いて生きようとする。まるで、自分に幸せになる資格は自分にはないと言わんばかりに。

彼は確かに、過ちを犯した。しかしわずかな希望さえも、求めてはいけないのだろうか。

あの街の人間は皆、そうだったようにも思う。初めっからの諦めと倦怠《けんたい》。三年が経った今でさえも、あの街特有の匂いは僕らの骨身に沁み付き取れない。

あるいは、僕が彼の運命を変えたのではないだろうか。僕が彼に、幸せに生きる権利を手放させたのか。

僕はわざと明るい声で言った。

「なあ、僕のためだと思って、立ってくれよ。化粧とかつらでごまかせばバレやしないさ。家賃だって、来月また上がるんだ。そろそろ粥にも飽きたし、やつの店で儲けてうまいものでも食おうぜ」

もちろん僕だって、彼と自分を危険にさらしたいわけではない。けど、彼の痛みに呻く声を聞くたび、疲れで浮腫《むく》む顔を見るたび、後悔と後ろめたさでどうしようもなくなるのだ。

泥の底に生まれたものは、一生、泥底の暮らしのままか。ほんの欠片一つでも、ささやかな幸せを持つことは許されないだろうか。

僕のために、人生を棒に振らないでくれ。

ウォンビンは黙っている。僕の言葉が本心から出たものかどうか、精査するように。やがて、マットレスにくぐもる声がかすかに聞こえてきた。

「お前が、……に……むなら」

「え」

「なんでもない。お前が俺に頼み事したの、これが初めてだな」

それきりウォンビンは答えなかった。やがて、細く静かな寝息が壁に響きはじめた。

翌週、彼はツァオに、店に立つと告げた。


夜七時、グラン・ギニョルの幕が開く。

けぶるスポットライトの光の中を、鞭のようによくしなる女の足が弧を描く。トゥシューズにつけられた鈴の軽やかな音色が、劇場の広い空間に幾重にもこだまする。天井から吊り下げられた色とりどりの布は、山間を飛ぶ鳥の羽根のように闇を透かしてひらめき、演じ手たちを軽やかに宙に解き放つ。

白粉を鱗粉のように撒き散らし、毛皮に身を包んだ女たち、光沢のあるタキシードで皺と脂肪をごまかした紳士たちが、客席から彼女たちの姿に酔いしれ、喝采し、値踏みする。光る宝飾品、甘い吐息。飛び散るシャンパン。彼らの一夜の享楽のために踊り子たちは身を差し出し、好奇の目に突き刺されながら、それでも己の肉体一つで幻惑を舞台の上に作り上げる。

あらゆる種類の演じ手が、この壮麗な空間を最大限に活かし、さらなる成功を目指してこの魅力を自らの美しさを見せつける。別の街ですでに成功した者、この街で這い上がろうとする者。視線で男たちの欲望を絡めとり、股をくすぐる。そのくせ、決して下腹の茂みは見せない。この店の女たちは簡単に手に入ってはいけないが、手に入らないものであってもいけない。舞台の上の女たちの値段を極限までつり上げる術を、ツァオはよく心得ているようだった。

「きれいねぇ」

次の出番を待つ女が、舞台の袖でウォンビンを眺めながら言う。西部なまりの彼女は古典舞踊の名手で、国民舞踊学校に通いながらここで学費を稼いでいる。

「あいつは骨ができてるからな」

その横でツァオが言った。目は相変わらず冷ややかだが、口元には満足そうな笑みが漂っていた。

「人の目を引く体ってのがあるんだよ。華のある体っていうのがさ。背が高い、足が長い、細い、形がいい……単にそういったことじゃない。華が骨の内側に刻み込まれてるようなさ。天性の素質だ。どれだけ肉を盛ろうが、表面の顔かたちをいじろうが、骨だけは人間、変えられない」

その声は逸材を拾い上げてきた自分への賞賛に満ちつつも、意外にも率直な感心が滲んでいる。ツァオはこの店を「単なるビジネス」と言っていたが、意外にこういった類の芸術が好きなのかもしれない。

横の女がちら、と、嫉妬を含んだ目でツァオを見る。ツァオは知ってかしらずか、横幅の広い胸をぐっとステージに寄せて、夢中になっているそぶりで女の視線をはねのける。

ウォンビンが人の目を惹く骨格を持っているなら、ツァオはさしずめ天性の支配者の骨だった。故郷の街の男たちのように暴力に頼るわけじゃない。ただ、黙って睨め付ける。それだけで、相手の自負心を打ち砕くには充分だった。彼が僕に視線を向けることはない。けどもしそうなった時、彼に抗えるかどうか、僕には自信がない。

二度目にここを訪れた日、ツァオはウォンビンに歌の稽古をつけると言い出した。

「ただ歌うだけじゃねぇのかよ」

ウォンビンの激昂がステージに響き渡った。

「ふざけんじゃねぇ。そんなこと聞いてねぇぞ。やっぱり、この話はなしだ」

「その素人芸でモノになるとでも？　思い上がりも甚だしいな」向かいに立つツァオは涼しげな声で答えた。「場末の酔っ払い相手の稚拙な芸でうちの店に立つことは許さん」

ツァオはステッキを振り上げると、向かいに立つウォンビンの顎先を指した。そのままゆっくりと、彼の胸まで下ろす。一本の物差しをなぞるように。

「足を揃えろ。背を伸ばせ。胸を開け。顎を引け。阿呆のように突っ立つな」

ウォンビンはたじろいだ。ツァオの声が大きくなる。

「がなりたてるように歌うんじゃねえ。あんなに下品な歌い方は、うちの店にはふさわしくない。口の中のシャボン玉を壊さないように、声の玉を吐き出せ」

「ふざけんじゃねぇ。歌い方くらい、自分で決める。俺はこれでいいんだ」

「ストッキングも穿かずに舞台に立つ素人が、芸について一人前の口を利くな」

「……とにかく、俺はもらえる分しか働かねぇよ。〝狐穴〟にだって立たなくちゃいけねぇんだ」

「生き延びる方法を教えてやると言っている」

ツァオは一歩も引かない。ウォンビンの鳩尾をステッキでさしたまま、じっと見つめている。

「強くなるってことはな、ただ拳を振り回すのとは違う。生き延びるためには、頭を使え。金持ち連中に喰い殺される前に、やつらを騙し喰い殺す。その方法を学ぶんだ」

「たとえそうだとしても、お前みたいなやつから教わるなんざごめんだ」

ツァオはやにわにウォンビンの頬を張った。乾いた音が天井に響く。

「口の利き方に気をつけろ。ここでは俺が絶対だ。歯向かう相手を間違えるな」

ウォンビンは憎々しげにツァオを睨みつけていたが、やがて床に唾を吐くと「分かったよ」と言った。

「もう一つ」

ツァオは言うなり、ウォンビンの頭を摑んで乱暴に引き寄せた。

「な…にす……」

「病気持ちはこの店に入れねえ。身体検査だ」

大きな掌はウォンビンの細い顎をやすやすと包み込む。頬に指をねじ込み、口を大きく開けさせた。覆いかぶさるようにウォンビンの上に屈むと、ツァオは口腔を覗き込む。

「他の演者に、うつされちゃかなわんからな」

ウォンビンの開いた口から糸のように涎《よだれ》が垂れる。彼の力にウォンビンは敵わない。ただ黙って彼の指を受け入れている。

やがてツァオは顎から手を離した。よろめいたウォンビンの体を突き飛ばし、壁に押し付ける。

「後ろを向いて、腰を上げろ。脚を開け」

ウォンビンは渋々といった調子で壁に手をつくと、肩幅ほどに脚を開いた。その頭をツァオは片手で乱暴に押し下げると、もう片方の手に嵌めていた手袋を歯で咥えて外した。ジッパーの開く音。ツァオの長い指が、竹のようにしならせたウォンビンの背骨のふもとに飲み込まれてゆく。

「ルゥ、あっち向いてろ」ウォンビンの苦しそうな声が漏れ聞こえた。

衣擦れの音と、肉の擦れる湿った音、ウォンビンの口から漏れる呻き声。ウォンビンの体が開かれるのを、僕はただ、黙って聞いた。

「うん、問題なし」やがてツァオの声が響いた。振り返った時には、ウォンビンがジーンズを素早く引きあげた後だった。

「使い物にはなるようだな」

ウォンビンの瞳は怒りに燃えている。

「そう怒るな。入店前の常識だろう」

ツァオは胸の隠しから葉巻を取り出し火をつけた。紫煙の香りが湿ったステージの空気を吹き飛ばす。

「前の方は処置済みじゃないんだな」

「悪いかよ」

ウォンビンの声からは、それまでの威勢は消えていた。

「いや、そっちの方が好ましいさ」

ツァオの葉巻から漂う、むせるように濃いバニラの香り。一瞬、なぜか故郷のかすれた空の蒼が、瞼の裏に広がった。

「下手物が好きな金持ちは沢山いる。それに、お前みたいなのはよその国じゃ珍しくねぇ。そういうやつらだけを集めたクラブもある。この国が、遅れてんだ」

「こんなとこ、まとまった額が入ったらさっさと辞めてやる」

「たっぷり稼がせてやるよ」

ツァオは笑った。目を細め、天井を見上げる。彼の顔にシャンデリアから降り注ぐ光が筋を落とし、銀の髪をまばゆく輝かせた。

「ここで繰り広げられるのは、橙京じゅうの美の粋を集めてもまだ足りないくらいの、巨大な夢だ——この世の栄華を全部、ここで見せてやる。客にも、お前にも」

ステージが終わった。割れんばかりの拍手が舞台袖まで飛んでくる。汗ばんだ体を煌めかせながら、ウォンビンが駆けてきた。体力と気力を使い果たしたという表情で、ぐったりとステージ裏の衣装箱の上にしなだれかかる。僕が近づくより先に、ツァオがつかつかと大股で近づいていった。

「後半、だれてただろう。胸をもっと張れ。品《しな》を作れ。歌うのに精一杯なのを、観客に悟らせるんじゃない」

ウォンビンが僕をちらりと気遣うように見た。今までに見たことのない表情だった。
いる二人の表情までは見えない。
二人はそのまま声を潜めて何かを話し始めた。舞台袖にいる僕には、深い影に隠れて
こえてこない。ウォンビンの視線がすでに次の舞台の始まったステージに注がれる。
ツァオは片手で引き寄せると耳元で何事か囁いた。何を言っているのか、僕までは聞
ウォンビンは苦々しげに舌打ちをするとふい、と横を向いた。逸らした彼の顔を、
「……下衆《げす》が」
俺の手にかかってるんだぞ」
「お前は俺に買われた。俺が金を払っているうちは言うことを聞け……お前の未来は
のように従順でないからかは分からなかった。
ツァオはなぜか、ウォンビンにだけは人一倍厳しい。彼が男だからか、他の女たち
「言っただろう。俺のステージを汚すことは許さん。やるなら完璧にやれ」
に投げ出した。外れたピンヒールが床で乱暴に跳ねる。
「やってらんねぇよ」ウォンビンは椅子に座ると、ストッキングに包まれた足を乱暴
「百回客席と舞台を往復しろ。体に染み込ませるんだ。この店の気息を」
「甘えたことを言うな」鋼《はがね》のような声色で、ツァオはウォンビンを圧する。
「ヤオピンの店より客席が遠くて、感覚が摑めねぇんだよ」

「ルゥ、悪い。今日は先に帰ってくれ」

その時、ウォンビンの眼差しの上に漂う憂いを、僕はもっと注視すべきだったのだ。けれども僕はそれを摑み損ねた。僕は彼にかける言葉を持たず、ステージの光が無数の針のように差し込む汗蒸す舞台裏の、けぶる光に遮られ、ただ二人に向かって頷くより他になかった。

僕は一人、暗いアパルトマンに戻った。

明け方の四時ごろ、ギィとドアの開く音が聞こえた。彼が帰ってきたのだ。続いてバスルームから激しい水音が響いてきた。僕は、なぜだか今まで起きていたとは知らせ難く、彼のベッドと反対側の方の壁を向いたまま、寝たふりをし続けた。

ウォンビンはそのうち、週に二、三回はツァオに連れられて何処かへ出かけるようになった。

深夜、ツァオの車のエンジン音が闇に響く。その度に僕はマットレスの上で身を固くする。ウォンビンがどさりと隣のベッドに転がり込むのを、耳をそばだてて聴く。

なぜ、僕は寝たふりをし続けるのだろう。自問しても分からなかった。ただ、どうしようもない強張《こわば》りが、昼も夜も体の内に残るようになった。僕が彼のために作る粥は、次第に朝まで放置されるようになった。

「あんたさ、いつもここにいるのね」

突然、鈴のような声が頭上から降ってきて、僕は顔を上げた。

グラン・ギニョルの裏口から出た細い路地で、バイクに座ってウォンビンのステージが終わるのを待っている時だった。

その女の子は目が合うなり、にぃ、と口角をめいっぱいに押し広げて笑った。

途端に爽やかなジャスミンの香りがぷんと漂い、路地に充満するゴミの匂いを押し流した。丸い瞼にラメのシャドウを重ね、黒の濃いアイラインを跳ね上げ、はつらつとした印象をより際立たせている。黒髪はポニーテールに束ね、うなじに垂らしていた。全体的には平坦な顔立ちの中、オレンジのルージュを引いた唇だけがまるで内側に秘めたエネルギーがたまらず表出したように、挑発的に突き出ていた。

困惑していると、彼女は笑みを保ったまま続けた。

「ウォンビンの付き人でしょう。いつも舞台袖で見てる」

ようやく記憶に行き当たる。彼女はウォンビンの後に出演している女性歌手のバック・コーラス兼ダンサーだ。けばけばしい衣装に、濃いメイクをして肢体をくねらせながら歌う、その姿しか印象になかった。近くで見る顔は、舞台で見るよりもずっとあどけない。

「私、リリ。あんたは」

「……ルゥ」

「へえ、ウォンビンに、ルゥか。へぇ」

何を納得しているのか、彼女はその小さな顎に手を当て小刻みに動かしている。彼女の髪が揺れるたび、あたりを漂う香りは濃くなったり薄くなったりする。安物の香水だろうに、彼女の体温と混ざると、不思議と本物の花のような、ふっくらと水気のある匂いがした。

「ねぇ、あんた、詩が好きなの」

僕の手元を見て、彼女は言った。さっきまで読んでいた詩集が開かれている。

養父母の本棚には、彼らが外国から持ち帰った本がたっぷりと詰まっていた。僕はその中から、いつでも好きなものを読むことができた。ピカピカの靴を履いた同級生たちにふとついて行けなくなる時、また、僕自身のピカピカの靴が、時折窮屈に感じる時、僕は両親の書斎に入り、本の海の中で、自らの孤独を慰めた。濃紺の分厚い本の背表紙に囲まれている間、僕はどの世界にも飛ぶことができた。

僕に詩の読み方を教えてくれた養父さんはよく言っていた。「インドの聖人にも、イギリスの古い劇作家にも、私と同じ心の輪郭を持つ者がいる。琴線に触れる詩を書く人間と、君は心のかたちが同じなのだ。詩を読むことは、互いの心の姿を共有し、重なりを確認する作業なのだ」

遠い海の向こうのインテリゲンチアの手による詩の一節に、乞骨街出身の僕の心情と不意に重なる部分を持つものがある。それが不思議でならなかった。魂が僕という輪郭を抜け出して、過去の時間に生きた人々と響き合う。名前のつかない茫洋たる気持ちを、言葉の鋳型で切り抜き、姿を与えてくれる。

逃亡生活を続ける中、つい最近まで、自分にその喜びがあったことなど忘れていた。数日前、煙草屋に立ち寄った外国人旅行客がカウンターの上に置き忘れたこの本を拾い上げて以来、僕の胸にその喜びが戻ってきたのだ。

警戒している僕の様子など気にせず、リリは「へぇ、こんなの読むのね」と言い、僕の手から本を取り上げた。ページの隙間から四つ折りにしたチラシが覗く。僕は慌ててそれを手で押さえようとしたが遅かった。リリは目を輝かせ、地面に落ちたそれを拾い上げる。

「自分でも書くの?」

「返せよ」

取り返そうと腕を伸ばすが、リリには届かない。ステージ衣装の、萌木《もえぎ》色のスリップドレスに身を包んだ体をくるりと翻して僕から離れると、そのまま灯にかざして容赦なく読み上げ始めた。僕は耳まで真っ赤になる。

「……いいじゃない」リリは顔をほころばせた。

「これ、誰かに向けて書いたの？」

「別に、そういうわけじゃない」

「ねぇ、あんた、私のためにも書いてよ」

リリはそう言うと、僕の腕に手をかけた。媚びるため、というより、暖かな親しみを示すため、といった力の込め方で。

「詩っていうより、歌詞ね。私、本当は歌手になりたいんだ」

そう言うとリリはまたくるりとターンし、マイクを持つ仕草をした。流行の歌手を真似し、腰を振りながらハミングしてみせる。

せわしないやつ。僕は彼女に対する警戒心を解き始めていた。この疲れと濁った秘密の満ち満ちた、グラン・ギニョルの舞台裏、きらびやかなショーを見せるものたちの、くすみと淀みとが溢れ出す薄暗い路地で、彼女の快活さは暗闇で芽を出したばかりのヒヤシンスのようにみずみずしくうつった。心の奥、硬く凝っていたものがふと緩む。

「そのために田舎から出てきたの。うちの村、田んぼと鶏ばっかりで、本当につまんないんだもの。子供の頃から聴いてたラジオの歌声が唯一の楽しみよ。お父ちゃんはもちろん大反対よ。おとなしく村で一番の働き者と結婚しろって、それがお前の幸せだからって。でも私はそんなのまっぴら。この街で絶対に成功してやるんだ」

リリはそう言って胸を張った。つんと尖った胸の先が上を向く。

「ね、だから、私、一人でオーディション受けようと思って。私に歌詞を書いてよ。流行りの歌もいいけどさ、私のためって思うと、気分が出るじゃない」

いいよ、と僕は言った。

「何編か、試しに書いてみる。……来週の水曜日まで、時間くれる?」

もっちろん、そう言ってリリは笑った。路地の暗がりに漂うジャスミンの香りが、彼女の笑みと共に一層濃くなった。


リリは西部のさる農村の出で、村一番の豪農の娘だった。てっきり貧しい家の出だとばかり思っていたが、彼女の両親は彼女に教養と芸事の一通りを身につけさせるだけの豊かさを持っていたらしい。彼女は小さな頃から詩や音楽に親しみ、高等教育の恩恵を余すところなく受けていた。末娘だったリリは、兄弟皆に可愛がられて育ったが、それだけでは飽き足らない野心を持ちあわせていた。学校を卒業したリリはすぐさま汽車に乗ってこの街に来、身一つでグラン・ギニョルに飛び込んでツァオに自分を雇えと売り込んだのだそうだ。

僕と彼女はたちまち親しくなった。書いてきた詞を見せ、リリが即興で歌ってみせる。彼女がダメだと言えば話し合い、何遍も何遍も書き直した。実際にそれがどこかのステージで歌われるかどうかなど、どうでもよかった。僕はただ、倦み疲れた生活の中、ぽっかりと空いた時間を埋めるものを必要としていた。ただ一人でも、僕の作るものを慰めとする人物がいることに無性の嬉しさを覚えたのである。

ウォンビンの送り迎えが必要ない日には、僕はリリに誘われてステージの後に出かけるようになった。リリをバイクの後ろに乗せ、街を疾走する。金がないと言うと彼女は気前よくおごってくれた。詞を書いてくれたお礼よ、と言って。

僕たちは新しい場所に好んで出かけ、金がないなりに工夫して遊んだ。人気の屋台街や運河沿いのカフェバー。不自由な足を引きずっては、一人で出かける気にならない場所ばかりだった。飲み屋でのリリの仲間たちとの騒ぎ、華やかな街の景色は、隠れるように生きてきた僕にとって何もかもが新鮮だった。

リリは酔っ払うと自分のことを「リリはね」と名前で呼んだ。リ・リ。口蓋を舌先で弾くような、勇ましいその響きは、決して男に媚びる色合いを持たず、未熟な活発さだけを強調し、仲間内で妹のように可愛がられるだけにとどまっていた。それも、僕が彼女を好ましく思う理由の一つだった。彼女は好きな男がいるらしかったが、うまくいってはいないらしく、僕によくその悩みを打ち明けた。僕たちはビールを飲みながら何時間でも話に没頭した。

時折、彼女が僕のバイクを運転することもあった。彼女の黒髪が風になびくたび、芳醇な香りが肺に満ち溢れる。風にほどけて流れゆくそれは、運河から漂うかすかな海の匂いに混じり、遠い記憶を呼び覚ました。


「で、ウォンビンとはどうなのよ」

何軒か店をはしごしたあと、僕たちはいつものように運河沿いの遊歩道で涼んでいた。バイクに腰かけた僕たちの間を、風が心地よく吹き抜けてゆく。運河の向こうには対岸の街が見える。幾千ものビルの灯が濃紺の夜の裾を赤く染めていた。

彼女は自分の男について話した後に必ず僕に話をふった。

「どうって」僕は毎回、困ったように首をふる。「どうもこうもないよ。特に変わったことはないさ」

ウォンビンとはこのところ、生活の時間帯が徐々にずれ始めていた。僕が仕事に行く頃にふらりと家に帰り、夕方には出かけている。日中僕は煙草屋にいるから、滅多に顔を合わさない。ステージのあとは客の接待に消える。それがどんな接待なのか、僕は知るよしもない。

「あなたたちって、いったいなんなの」

「なんなんだろうな、いったい」

酔った頭を夜風で冷ましながら、僕は答える。

「でも、恋人じゃないことは確かだよ」

「恋人でもないし、ヒモでもない。けどずっと一緒にいるのね」

「多分、友達、じゃないかな。一緒にいるのが当たり前だから」

「一緒にいるのが当たり前なのが、友達?」

彼女は僕の顔を覗き込む。酒のせいか、頬が赤い。

「私とあなたは、友達?」僕は答えに困った。ふぅん、と勝手に合点したのか、リリは膝に両肘をつき、運河を行き来する旅客船を眺める。

「ねえ、運命の相手っていると思う?」

「運命、」

「そう、運命。死ぬまでずっと一緒にいるの」

「うーん」僕は頭を掻いた。

「死ぬまでずっと一緒にいるのが、運命の相手なのかな」

「難しいことはいいのよ。とにかく、この人と出会えたのが運命、と思える相手」

「今好きなやつは、そんな相手じゃないの」僕の問いに、リリは体をこわばらせ、ぐ、と顎を引いた。胸にこみ上げる何かを抑え込むように。

「そうだったら、いいな、と思うわ。……でも、そうだったらいいな、と思う時点で、違うと思うの」

　僕たちは何も言わずに遠くを眺めた。暗がりに滲む客船の華やかな明かりは、点滅を繰り返し、距離を摑ませない。

「たとえ、そうじゃなかったとしても……今一緒にいたいと望むなら、一緒にいればいいと思うよ」

　僕は言った。

「心を離すのは、体を離すよりも難しいからね」

　わかったようなこと言っちゃって。リリはそう言いながら伸びをした。

「あなたって全然恋愛経験がなさそうなのに、素敵な言葉を紡ぐのは得意なのよね」

　僕はムッとした。リリはそれには気づかずに続ける。

「心って不思議よね。体のどこにあるのかもわからないのに、私たちの丸ごとを支配するの。とんでもないことを仕出かさせたり、滅多にないことを起こしたりするの。一生逃れられない」

「そうだな」

「ねえ、あんたにとっては、ウォンビンが必要な存在なのね」

「必要……」

「そう。恋人でもない。ヒモでもない。でも、心を離すのが難しい相手」

「必要かどうかなんて、考えたこともないけど」

僕は胸に手を当てた。

「一緒にいるってことは、きっとそうなんだろうな」

――けど、あいつにとっては。

僕は言葉をなくした。背を丸め、右足をかばうように引き寄せて地面を見る。

隣に座るリリの髪が、風になびいて僕の顔に当たった。暗闇の中、優しい香りが何倍にも膨らんで、胸の内をくすぐる。

そのうち、熱くて固いものがそっと肩の上に載った。リリの頭だった。

僕たちは黙ったまま、ずっと運河を眺めていた。


仄暗い廊下は蒸し暑く、進むにつれて奥へ奥へと狭まってゆくように感じられる。グラン・ギニョルの湿った舞台裏。華やかな表のステージより、更に多くの金が積まれ、踊り子たちが秘めた姿を見せる場所。

ウォンビンの控室は廊下の一番奥にあった。関係者以外は立ち入り禁止だった。

「ルゥ」

ノックをせずに扉を開けた僕に、ウォンビンが顔を向けた。カウチソファに腰掛け、キセルをふかしている。衣服ははだけ、なまめかしい胸元が露わになっている。顔には戸惑いの表情が浮かんでいた。

僕のすぐ脇で何かが動いた。ギョッとした。誰かいると思わなかった。小柄な老紳士が、ドア脇の鏡に向かい蝶ネクタイを結んでいた。恐ろしく小柄で、ウォンビンよりも更に背が低い。上等のスーツの生地が、天井のランプの光を照り返しやけにつるつると光っている。肌は淡いクリーム色で、絶えず日光に晒され続けるこの国の人間とはまた違った風合いだ。染斑《しみ》が散り、深い皺が刻まれているものの、肌理《きめ》のよく詰まった日本人特有の肌。彼の姿を、僕は度々見たことがあった。いつも女も連れずに来て、客席の前方に座り、ウォンビンのステージに熱心な眼差しを注いでいる。

紳士はシルクハットをかぶり、コートを羽織るとこちらに振り返った。瞳を合わせるというより、扉に向かう動線上の障害物を捉えた、といった感じだった。彼の国《か》の人たちはこの国のほとんどの人間を人間とは見なさない。彼らだけではない。この場所に来る人間たちのほとんどが、自分よりも身分の低い人間に、人間用の視線を向けなかった。ウォンビンのように、特別な存在でもない限りは。

「また来るよ」彼はウォンビンに近づき、屈み込むと頬に口付けた。この場所で店の客に鉢合わせするのは初めてで、僕は居心地悪く、顔を背けた。部屋の照明は暗く、知らないコロンの臭いがむかむかするほど充満している。

彼は今度は僕に一瞥もくれず、脇を通り過ぎて部屋の外へ出た。

「珍しいな。お前が昼にここへ来るなんて」

いつもとは違う余所《よそ》行きの声だった。ツァオにしつけられた女声は、僕からすれば違和感を覚えるものでしかない。

「煙草屋の婆さんが熱出して、店を早めに閉めたんだ……これ」

僕は手に持っていた包みを手渡した。

「お前、好きだったなと思って」

ファングーパオはウォンビンの好物だった。故郷の街では屋台をよく見かけたが、北部のこの街でありつくのは難しい。さっき、リリに新しい詞を届けに行った際に街角で見かけ、ウォンビンに届けてやろうと思ったのだ。

ありがとう、そう小さくつぶやいて、ウォンビンは包みを受け取った。

気まずかった。久し振りなのに話すべきことが見つからない。なんだか自分がひどく場違いな気がして、ここにいるのが恥ずかしくさえあった。

「お前さ、最近家に帰ってるの、」不意にウォンビンが言った。

「当たり前じゃないか、毎日帰ってるよ」

僕は驚いて言った。

「他に行く所もないし」

「ふうん」

彼は気の通わない声で言う。包みを開けもせず、キセルをふかしている。

「リリのやつさ、」

彼はキセルをこん、と灰皿の上に叩きつけた。

「最近、稽古の最中も上の空で、身が入ってないんだ。ツァオが怒ってる。このままだとクビになるぞって、お前、言ってやれ」

「なんで僕が」

「仲良いだろ」

リリと一緒にいるところを、いつ見られたのだろう。ウォンビンはこちらを向かない。キセルの煙だけが、僕たちの間で間怠《まだる》っこしい模様を描いている。

「さっきのあいつさ、日本人だろ」

僕は話題を移した。

「あいつ、見たことある……得意客なのか」

「外交官なんだ」

ウォンビンの声はひどくそっけなかった。

「空いた時間に、簡単な読み書きを教えてる。……語学教師よりも、俺の方がうまいって言うから」

「お前が、読み書き」

自分では、何の感情も籠めていないつもりだった。

「僕が教えるまでは、字も読めなかったお前が」

その言葉に含まれた棘に、僕自身がハッとした時にはすでに遅かった。ウォンビンの視線に、見たことのない色が滲んでいた。慌てて口を開きかけたその時、扉の向こうでツァオの声がした。

「おい、早く支度しろ。次の客のとこ行くぞ」

彼はカウチから立ち上がった。衣服を整え、僕の横を通り過ぎようとする。

「悪いけど、時間がないんだ。……ファングーパオ、ありがとな」

「教えてるのは、読み書きだけじゃないんだろ」

声が震えた。胸の内に詰まっていた棘が、たまらずにぽろぽろと口から溢《こぼ》れ出る。

「こんなところに、読み書きだけを習いに来るやつはいない」

なんだか無性に腹が立った。ウォンビンの冷めた態度にも。いい身なりをし、欲望など抱いていないような顔をして、こうしてウォンビンを言いなりにしている年老いた紳士にも。僕が何百回と人生を繰り返したところで、その毛束の一部にだって手が届きそうもない、彼の上等なコートにも。

「そうだな」少しの間の後で、彼は投げやりに答えた。「どっちも売ってるよ」

「〝狐穴〟に立たなくていいからって、この仕事を選んだのに」

僕は笑った。口の端が醜く歪むのを感じた。苛立ちをそのまま表現することすら悔しかった。

「この店に立てと言ったのはお前だよ、ルゥ」

こわばった声が、盾のように僕と彼との間を遠ざける。

「俺はなんだっていいんだ。稼げるならなんだって」

真珠のネックレス。テーブルの上に置かれた指輪。床に落ちたイアリング。気を引く相手の不在に不貞腐《ふてくさ》れたように、鈍《にぶ》い光を散じている。

あの言葉は嘘だったのか。

——貧しくても、お前と二人、いられればそれでいい。

そう言ったのはお前じゃないか。

「昔と変わらないんだな」

「どういう意味だ」

「そのままの意味だよ。子供の頃と同じだ。結局は、こういう稼ぎ方に戻る」

せき止めようとする理性の隙間から、どす黒い感情が漏れ出てゆく。

「三つ子の魂、何とかって——」

「お前は」聞いたことのないほど低い声が、俯いた彼の口から漏れ聞こえてギョッとした。彼は燃えるような瞳で僕を睨んでいた。

「俺が好きでこれをやってると思ってるのか」

蒼白の顔に赤い血筋が走り、紫色に変わっている。かつてはバオフゥの死体に、ドゥアに対して向けられた、怒りに満ちた目が僕に向けられている。

「お前は、俺が、好きで、これを」

僕は自分が過ちを犯したことを悟った。取り消そうとしても、うまい言葉が出てこない。しかし同時に、ここで折れるわけにもいかなかった。

「そうじゃないなら、証明しろよ。僕は」

ウォンビンは僕を押しのけた。次の言葉を待たず、扉を開けて外に出ようとする。

僕は慌てて彼の腕を摑んだ。彼はこちらを見ない。

——好きでないなら、しなくていいじゃないか。

——なぜいつも、黙って僕のいない方を選ぶ。

冷たい横顔を前にして、行き場を封じられた言葉が胸の内で渦巻く。

彼の虚ろな目が、ふいにこちらを向いた。僕はたじろぐ。その眼には、幼馴染への親愛も、相棒としての信頼も、すっかり消え失せていた。

「お前の言うとおりかもな」

彼は気の抜けた声で言った。

「他の方法があったって、このやり方を選ぶくらいには、俺はこれが好きなんだ……

ツァオの言うとおり、骨身に染み付いた性質《たち》は死ぬまで変わらないんだ、きっと」

ゆっくりと扉が閉まった。情事の跡の残る部屋に、僕は一人残された。

扉の向こうに彼が佇んでいる気配がしたが、それもそのうち、かすかな足音とともに消えていった。


ウォンビンはまったく家に帰らなくなった。

僕は完全に生きるしるべを失った。酒を飲み、彼の不在を紛らわそうとするものの、その試みは大抵失敗に終わった。ツァオの運転する車のエンジン音が聞こえないかと夜じゅう聞き耳を立て続ける。朝一番に出勤するバイクの音が窓の下から響く頃、ようやく体が疲れに負けて力を失う。

本当はすぐにでも、グラン・ギニョルに足を運び、額を床に擦り付けて謝りたかった。それすらも臆病な僕はできなかった。彼と客が一緒にいるところをまた見てしまったら——彼のいる世界と僕のいる世界はすでに隔たっていて、手を伸ばすことすらも僕には許されないと、突きつけられたら？　いや、僕はただ、己の過ちを認めたくなかっただけかもしれない。あの口論が永遠に、僕たちを裂いてしまったわけではないと——彼はきっと何事もなかったかのように、また戻ってくると——稚拙な願いに身を浸し、何をするわけでもなく、暗い部屋にうずくまっていただけだ。

彼がいてこそ僕は人を殺し、遠く故郷を離れ、運命の狂いなど物ともせずにここまで生きてこられた。彼に手を引かれてこそ、僕は前を向き、ここまで来られたのだ。たとえ、人の理から大きく逸れたとしても。

そう、今までは。

久々に買い出しに出て家に戻ると、リリがドアの前に立っていた。住所を教えてはいたが、彼女が来たのは初めてだった。

「リリ」

リリは僕の顔を見ると「なぁに、真っ青じゃん」と言って笑った。ずいぶん久しぶりだった。

「何よ。お化けみたいな顔して。……ウォンビンと何かあったんでしょ」

僕が黙っていると、彼女は突然僕に抱きついてきた。抱擁というより、レスリングか相撲の技でもかけるような塩梅《あんばい》だった。

彼女はしばらく僕の体にしがみついていたが、やがてぱっと体を離し、

「うん、大丈夫。やっぱりあんたに対する感情は恋愛じゃない」と言った。

「おい……なんだよいきなり。大丈夫ってどういう意味だ」

「煌港《ファンガン》に行くことになったの」

突然だった。

「エージェントにスカウトされて、レコード会社のオーディションを受ける。もしかしたらあっちでデビューできるかも」

煌港は橙京と運河を挟んで隣接する特別行政区だ。先の戦争で外国に奪い取られ、今でも特別なＩＤがなければ立ち入ることさえ許されなかった。煌港のＩＤを手に入れることは、この国の多くの人間にとって憧れだった。

「すごいじゃないか」

心の底から僕は言った。

「おめでとう。君ならきっと大丈夫だよ」

「だからね、ルゥ、一緒に煌港に行こう」

今まで見た中で一番真剣な表情で、彼女は言った。

「私はあんたの詞の才能を見込んでる。間違いなく、あんたはトップの作詞家になれるよ。私がトップの歌手になれるのと同じでね。……トップにはトップの才能が必要。私はあんたの作る歌詞で歌いたい」

あまりに急すぎて、僕は彼女の言うことを飲み込めずにいた。

「そんな……あんなの遊びで作って」

「私の声があんたの言葉を求めてる。お願い。私のビジネスパートナーになって。二人で成功しよう」

「買いかぶりすぎだよ。僕はただの」

「このまま一生、埋もれて生きるつもり？」

彼女のまなざしには怒りさえ混じっていた。

「一生、ウォンビンの陰に隠れて過ごすつもりなの？」

光を浴びて輝く彼の姿が脳裏に浮かぶ。途端に、言いようのない重く粘っこい気持ちが腹から胸にかけて湧き上がる。

影の中に身を隠し、二人で生きてゆく予定だった。その相手がスポットライトの下に引き摺り出され、喝采を浴び、高く飛翔しようとしている。最初はそのことに喜びを感じこそすれ、このような思いを抱くことは決してなかった。ただ、彼が幸せになればいいと——生活の中に溜まる膿から彼を守ってやりたいと、彼の中に、そして自分の中にある悔恨を少しでも拭い取れればいいと、ただそう思っていたはずなのに。

彼が僕を必要としてくれたからこそ、僕は彼の後ろ姿を追いかけてここまで来た。今はどうだろう。僕の胸の内にあるのは暗く湿った泥沼のような感情だけだ。

彼が僕を必要としなくなったら、僕はこれから何を必要とすればいい？

「あんたにとって彼が大事な存在だってことはよく分かってる。けど、ルゥ、そろそろあんたはあんたの幸せを考えたらどうなの」

僕の幸せは彼と一緒にいることだと思っていた。彼と二人、慎ましやかに暮らしてゆくことだと。全てを捨てた僕には、それが残された唯一の希望だと。

「私はあんたがこれまでどんな人生を送って来たのか知らない。彼との関係もね。過去なんかどうだっていいよ。私はあんたの未来を見てる。同じ未来を見たいから、こうやって声をかけてるの」

リリは大きく息を吐くと続けた。

「あんた、前に運命の人について話したの覚えてる?」

「うん」

「私、わかったんだ。未来を一緒に見られる人こそ、運命の人だよ。そして、そういう人は恋人じゃなくったっていいんだ。私とあんたは恋人じゃない。友達だ。でも、こういう形の相手だって、運命の人って呼んでもいいでしょ」

そう言うと、リリは再び僕の体に腕を回した。背中をポンポンと叩く。

「ゆっくり考えてよ。時間はまだあるから」

「いつ出発するの」

「ひと月後」

リリは稽古があると言って、階段を駆け下りていった。階下まで着き、振り返る。その顔には、あのあどけない仕草、舌足らずで、娘らしいおどけに満ちた表情はすでになかった。他人の人生までをも背負う覚悟を持った、一人の大人の顔だった。

「お願いよ、ルゥ。あなたの中に眠らせているものを、無駄にはしないで」


深夜三時、バスルームで水音がする。ウォンビンが帰ってきたのだ。

心臓が高鳴った。呼吸を取り戻そうとして、胸が軋む。いつのまにか眠っていた。酒の残る頭はひどく重い。冷たいタイルの床伝いに、水はけの悪い排水溝が詰まるぜろぜろという音、飛沫が床を打つ音が聞こえてくる。

シャワーから出てきた彼にかけるべき言葉を、いくつもいくつも頭の中に用意しながら僕は待った。

窓の外にはすでに冬の気配のする雨が降り、骨まで染みるような冷気が鉄骨の壁を越えてアパルトマンを満たしている。もうすぐ厳しい冬が来る。南国育ちの僕らにとって、寒さは敵以外の何物でもない。

水音はなかなか止まない。ぬるい湯しか出ないうちのシャワーは、浴び続ければかえって体を冷やしてしまう。僕は観念して起き上がった。寒さに身を縮めながら、バスルームへと向かう。

台所は暗く、電気もついていない。手探りでスイッチを探し、バスルームの電気をつけた。白熱灯の電球が、ひび割れたタイルの壁を、薄汚れたシャワーカーテンを浮かび上がらせる。

「ウォンビン」

彼は答えない。カーテンの向こう、うずくまった小さな影が見える。僕はぎょっとした。カーテンの隙間から、死体のように白い脚が投げ出されている。

慌ててカーテンを開けると、ぐったりと横たわる彼の裸体があった。

「ウォンビン！」いつのまに、こんなに痩せていたのだろう。血の気の失せた頬に髪が張り付き、最後に見たときより一回りもふた回りも小さく見える。冷たいシャワーの飛沫に打たれる体は真っ青だった。肋骨や鎖骨は鑿《のみ》でえぐったように飛び出ている。脂肪はすっかり消え、肩で息をする度、骨に張り付いた皮膚が広がったり縮んだりを繰り返す。

「……ルゥ」

彼は虚ろな目で僕を見た。唇は色を無くし、すっかり頬と同化している。

「おい、大丈夫か」

僕は慌てて彼を抱え上げた。枯れ木のような軽さで、彼の体は僕の腕に乗った。脂肪をなくした胸板の上に二つの乳房がごろりと転がり、そこだけ別の生き物のようにグロテスクだった。外れたつけまつげが脇腹に貼り付いている。タオルを巻きつけ、寝室に運んだ。冷たいベッドに転がすのは忍びなく、さっきまで僕の寝ていたマットレスに横たえる。

「お前、どうして」

「……言わないでくれ」

荒い吐息の間に、彼はかすかな声を出した。

「頼む、ツァオには言わないでくれ」

「お前、何言ってるんだ」

僕は彼の肩を摑んだ。棺桶の中に横たわる、母と父の姿が瞬間、脳裏にフラッシュバックする。今まで一度も思い出したことなどなかったのに。

「来月、でかいショウがあるんだ」彼の細い指が、僕の腕に絡みついた。

「グラン・ギニョルじゃない。もっとでかい箱だ。トリを務めるんだ。それが終われば、まとまった金が入る。それまでは」

皮膚に食い込む指の力は、驚くほど強い。

「それまでは、お願いだ。誰にも……リリにも、言わないでくれ」

ウォンビンの症状は日に日に悪くなった。昼は浅い眠りの底をたゆたい、夕方になれば這いつくばるようにしてステージに向かう。熱は上がったり、下がったりを繰り返し、日に日に痩せ衰えてゆく。

「化粧をすればごまかせるんだ」

家から出るのを止めようとする僕に彼は言った。

「ステージに穴を空けたくない。ツァオに怪しまれたくないんだ」

「どうしてそこまで」僕は叫ぶ。「金のことなら、僕がなんとかするよ。だからお前は休め。命削ってまですることじゃない」

「お前にわかってもらえなくたっていい」

ハッとした。彼の目にはなおも、毅然とした光があった。

「どう思われてもいい。軽蔑されても。……けどな、これだけは分かって欲しい。俺は決して、誰かにやらされたり、惨めな気持ちで身を投じているわけじゃないんだ。――俺が、選んだんだ。俺が、好きでやってることなんだよ」

僕は再び彼に付き添い、グラン・ギニョルに通い始めた。久しぶりに見た彼のステージは驚くほど上達していた。グラン・ギニョルの華美な装飾に負けないほどの、迫力と熱気。衰えた体を感じさせない、圧倒的な歌声で、彼はホール中を包み込んだ。魂を散じ、命を燃やし、血の一滴までをも絞り尽くして歌う彼の姿に、観客も、その場にいる誰もが釘付けだった。

彼の声が、彼の人生そのものだった。

テーブルの間を通れぬほどひしめく観客の中に、あの老紳士を見た。最前列で、たった一人、付き添いもつけずにウォンビンを見上げている。その目に——老眼鏡と、茂った眉の間に埋もれる糸のように細い目の中に、欲望とは異なる、憧憬に近い色を浮かべて。それは、僕が子供の頃、あの路地を駆けるウォンビンに対して抱いていたものと、寸分も違わなかった。

ステージで歌う彼の姿を、僕はいつまでも眺めていたい心地がした。彼という存在を、この空間から奪うわけにはいかなかった。出かける彼を幾度となく止めようとし、その度に、力なく手を元の位置に戻した。彼がやっと見つけた希望を、彼から奪うことなどできない。僕だけではない。何者にも——神にすらも許されない。たとえそれが、彼の命を削ることになろうとも。

昏い部屋の中、熱に浮かされたウォンビンの吐息が、窓の外に降る雨音に混じって聞こえてくる。昨夜から上がり続ける熱は、冷水を含むタオルを当てたぐらいでは追い付かない。

上下する胸と同時に、ひゅ、という音が喉から漏れ、苦しそうに眉根が歪む。見ていられなかった。青ざめた頬は闇に溶け、あとどれ程保つのかもおぼつかない。

眠る彼を見下ろしながら、ベッドサイドに腰掛け、僕はぼんやりと考える。

——今、僕の骨をえぐり出したら、一体どんな貌《かたち》をしているだろう。

きっと、ひどく醜悪に違いない。大切な人間が死にゆくのを指を咥えて見ている、無力な男の骨は。

三年前、彼の部屋で二人、話したことを思い出す。あの時の僕は、彼の背負うものの大きさを知らず、ただただまっすぐに伸びゆく二人の未来を、伸びゆく自らの背と同じくらいに盲信していた。奈落を知らず、また己の置かれた境遇がいかに恵まれているかも知らず、身勝手な欲望に身を焦がしていた。

あの時、どうすればよかったのだろう。

あの時、ドゥアに向かって引き金を引かなければ、大人しく殺されていれば、彼にとっての枷《かせ》となることもなく、彼は病にかかることもなく、自由に、思うままに生きられただろうか。

あるいは、僕がもう一度、彼に会いたいと思わなければ良かっただろうか。

彼に会うために、乞骨街を訪ねなければ良かっただろうか。

十年前の祭で、ウォンビンの後を追いかけなければ良かったのか。

あるいは、最初から出会いさえしなければ――。

「誤ったと思うか」

不意に彼の唇から声が漏れ出て、僕はハッとした。ウォンビンがこちらを見ていた。熱に浮かされた眼は潤み、正気でないことを悟らせる。

「なあ、ルゥ。俺はどこかで、人生を誤ったと思うか。——俺のやったこと全部、間違いだったと思うか」

掠れた声で繰り返される言葉は、それでもなお、「誤った」の部分だけ力が篭っている。

「俺の運命にお前を巻き込んだ、ばちが当たったのかな」

「そんな訳ないじゃないか」

僕は彼の手を握った。「お前が、間違えるはずないだろう。なあ、ウォンビン」

声が震えた。ウォンビンは答えない。呼吸が引いてゆく。頬は死人のように蒼い。

「だったら、なんで俺は今も、泥の底に沈んだままなのかなぁ」

冷たい手からは内側の拍動すら感じない。瞳は光を集める力さえなく、痩せて窪んだ眼窩に沈んでいる。

「誤ったのは、僕の方だ。お前の人生を、めちゃくちゃにした。……僕が、一緒にいたいなんて思わなければ」

「お前がいない人生なんて、考えられないよ」

不意にウォンビンは笑った。

「もし俺が死んだら、骨はお前が持っていってくれよ。どこにも残さないでくれ。——ここにも、乞骨街にも」

「バカなこと言うな。じきに良くなるよ。これまでだって乗り越えてきたじゃないか」

彼は考えるように再び目を閉じた。顔に少しの赤みが差している。

「タオル、取り替える」抱きかかえるようにして、シーツと背の隙間に手を差し入れ、彼の体を浮かせた。彼が縋り付いてくる。シーツの上に敷いたタオルはぐっしょりと汗で濡れている。肩に手を回して抱きつかれ、体勢を崩した。折れそうな彼の体の上に、僕の体重が乗る。

「お前は……俺の故郷なんだ」

裸の胸の内側に、かすかに熱を放つものがある。潮騒のような拍動。上下する胸。色褪せた唇が何かを求めるようにわずかに開く。夢中で舌を差し入れ、体を掻き抱く。白い肌を撫でつけ、求められるままに唇を這わせた。彼の手が僕の背に回される。すぐ耳元で聞こえる吐息。消え入りそうな薄い彼の身体の中、一つだけ、芯を持ち始める箇所がある。

互いの熱を感じながら、気を失う寸前、彼はうわ言のように囁いた。

「お前以外に、帰る場所なんてないんだよ――なあ、ルゥ、お願いだ。俺が死んでも、俺を捨てるな」

まだ、できることがあるはずだ。彼の命が潰えてしまう前に。彼の運命を、元に戻すために。

暗闇に、ツァオの硬い靴音が響く。骨に染みるような冷気の中、濃いバニラの香りが漂ってくる。深夜のグラン・ギニョルは、密会にはもってこいだ。

「腰巾着が一体何の用だ」

倉庫の扉を開けて入ってきたツァオは、僕を見るなり言った。積み重なった段ボール箱の隙間、窓の月明かりが彼の冷淡な顔を照らす。あからさまに不機嫌で、それでも何かを面白がるように、薄笑いを浮かべ、葉巻を咥えている。

「俺をこんなところに呼び出すなんざ、度胸が据わってるな」

「仕事を紹介してほしい。うんと、でかいやつを」

ツァオのトパーズ色の瞳が、月明かりを吸って膨らんだ。白い頬が同時に歪む。胸から下は暗闇に埋もれたままだ。

「俺に頼むってことは、そこらの簡単な仕事が欲しいわけじゃないんだろうな」

ツァオが橙京の裏組織と通じていることは、リリを通して知っていた。グラン・ギニョルを運営するには莫大な金がいる。そのため、裏で怪しい仕事を請け負い、時には従業員を駆り出して金を稼ぐ。同時にその筋の客を劇場に呼び込み、踊り子に回す。

「どれだけ危険でもいい。──その代わり、報酬は必ずウォンビンに渡してくれ」

「あいつ、病んでるだろ」

ツァオは煙を吐いた。重く気だるい柑橘の香りが、目の前の暗闇に充満する。

「心臓か──あるいは肝かな」

「知ってたのか」

「商品の傷に気づかないほどの節穴じゃないさ」

「お前、知ってて彼を」

「従業員が、望んで働きたいと言っているんだ。それを断る雇い主はいないだろ」

「あいつが病気になったのは、お前のせいだ」

猛烈に怒りが湧いてきた。拳に溜まった怒りを、力一杯に壁にぶつける。鈍い金属音が狭い箱中に響き渡った。

「おいおい、よしてくれよ」

ツァオは動じない。軽蔑するような視線で僕を見下ろす。

「あいつに高い靴と衣装を与えてやったのは誰だ。稽古をつけ、使い物になるよう仕立ててやったのは？　上客をつけてやったのは？　──俺がいなけりゃ、お前ら二人今頃〝狐穴〟の前でのたれ死んでる。それが分からないほど、愚かなやつだとは思わなかった」

「無理やり客を取らせたんじゃないのか」

「無理やり？」

ツァオの眉がつり上がった。

「聞き捨てならねえな。あいつから望んで客を取りたいと言い出したんだ。それに、ああいう病気ってのは進みがゆっくりなんだ。俺の店に来る前から患ってたんだろ。前の店か、その前か——どちらにせよ、小汚い暮らししてちゃかかって当然だ。環境病だな」

「お願いだ」僕は頭を下げた。

「なんでもするよ、ウォンビンを医者にかからせてくれ」

途端に頭を凄まじい力で押さえられた。よろめき、彼の前に跪く。やつの上等のズボンの布地が頬に押し付けられる。

「咥えろ」

ジッパーに歯をかけ、引き下げた。下着の中から掘り出し、そろりと舌を這わせる。ツァオは手を緩めない。根元に這わせた彼の手の、人差し指の指輪は外されている。指の付け根を醜く覆う、ミミズ腫れの傷痕が目につく。

しなだれたものを半分ほど口に含んだところで、ツァオは僕を突き飛ばした。壁に頭をぶつけ、視界が揺らぐ。

「お前みたいな犬に養ってもらわなくても、他にいくらでも相手はいる」

「だったら、最初からやらせるな」

「あいつさあ、人を殺してるだろ」

不意の話に、僕は顔を上げる。

「お前、咬狗党って知ってるか、」

「知らない」呼吸の乱れが伝わらないよう、唾をごくりと飲み込む。

「ま、お前がどう答えようと勝手だけど。そこのボスがさ、数年前に殺されたんだ。相手は手下の男で、まだ年端もいかない長髪のガキだったらしい。ボスの愛人だ」

ツァオは再び葉巻に火をつけた。赤い点が、ゆっくりと明滅する。急に月明かりが翳り、さぁ、という雨の音が響き始めた。

「連中はガキの行方を必死で探してる。情報屋が俺のとこにも訪ねて来た。俺は知らないと答えた。――うちにいるのは、農村出身の、半端なおかまの娼婦だけだ。……そうだよな?」

「ウォンビンは関係ない」僕は答えた。「売るなら、僕を売れ」

は、は、は、とツァオは乾いた笑い声をあげた。「売らないさ。あいつはうちの大事な稼ぎ頭だ。情報屋に渡したところで、幾ばくにもならねぇ」

僕は床に頭を擦り付けた。

「頼む。彼だけは自由にしてやってくれ。どんな仕事でもする」

「来週の月曜、パレスホテルのラウンジのテラス席にある男が現れる。そいつを殺せ。バイクで乗り付けて、柵越しにやつを撃って逃げろ。得物は用意する。失敗は許さない」

「……あんた一体、どんな仕事してんだ」

「ちょっとした煤払《すすはら》いだよ」

ツァオは肩をすくめて見せた。

「誰かにとって邪魔な人間を消す。それだけだ。世間にはそれを求める人間がごまんといる。俺はその一端をちょいと担ってやるだけだ」

「人でなし」

「なんとでも言え」

「なぁ、あんたなんで劇場なんかやってるんだ、」

ツァオはほんの少し目を見開いた。

「あんたなら裏稼業だけでいくらでも稼げるだろ」

「――そうだなぁ」彼は煙を追うように、ゆっくりと視線を天井に巡らせる。瞳の強張りが、ほんの少しだけ解けた気がした。

「夢の後始末ってとこだな」

納得できずに彼を見た。いつもは年かさに見える彼の横顔が、不意に若く見える。

「ウォンビンも、やばい仕事に噛ませてないだろうな」

「あいつは売春しかさせてないよ。大事な商売道具なんでな。心配すんな。好きでやってんだよ。天性の才能だ」

「……好きでやるやつがいるか」

「なあ、お前、大人になれよ」

ツァオの目に、急に苛立ちが浮かんだ。

「好きかどうかなんてさ、生きてくうちには関係ないんだ。生き方なんてみんな最初から運命付けられてる。その中で、どう精一杯やってくか、だろう。人間が選べる範囲なんてな、これっぽっちもねえんだ。そんなかで歯車ぐるぐる回して、抵抗しねえで、己の取りぶんだけ守り続けてくのが、生きるってことだ。最初からバカな夢なんか見なきゃ、失うものなんか、ねえんだよ」

ツァオの声は深く耳に沈み込む。

「泥に沈むのを、恥ずかしがるなよ。みんなさ、半身浸って、必死になって生きてんの。それを恥ずかしげもなく拒否してるのはお前だけだよ。青臭い夢は捨てろ。——生きるために、泥に身を沈めることを、否定すんな」

彼ははっきりと僕を見据えた。瞳がウォンビンと同じ強度で僕を射る。ずっと昔、この目をどこかで見たことがある気がする。もっと明るく、眩しい日差しの中で。

「知ってるか」ツァオは囁く。

「あの日本の外交官、ウォンビンを身請けしようとしてるんだ」

僕は驚いた。ツァオは続ける。

「もうすぐやつの任期が切れる。帰国と同時に、ウォンビンを連れて帰って身の回りの世話をさせるつもりらしい。外交官だからな。国籍なんかどうとでもなる。日本に渡ればまず安全だろう。経歴だってでっち上げられるさ。……だが、病気が分かれば話はパァだ。そうだろう？　やつが日本に帰るのが早いか、ウォンビンの病気が進むのが早いか。どちらかだ。……ま、あいつは行きたがらないだろうな。お前がいるから」

倉庫を包む雨音は一層、激しくなる。ふと、この暗い箱の中から一生出られないのではないかと、僕は不安になる。

「一体、お前ら、なんだ？」

ツァオはウォンビンにいつもやるように、僕の顎を摑んだ。

「お前の匂いは、あいつとは違う。同じドブで育ったようには思えん。兄弟でもねぇ。情夫《イロ》ってわけでもなさそうだ。どうして互いのためにそこまでする？」

「……骨だ」

ツァオは怪訝な顔をする。

「骨なんだ。あいつは僕の骨だ。換えが利かない。どうしようもないんだ」

空に伸びる枝。萌え立つ緑。錆び付いた排水溝。泥水の腐った臭い。そこに流れ込む、ピンク色の花弁。女の泣き声のような、高く細い、ソンタウの響き。埃にまみれた路地裏で、朝日を背負い、こちらに向かって笑いかける小さなウォンビンの姿。

僕はツァオの手を振りほどき、胸を張った。相手の目を射竦《いすく》めるようにじっと見る。

ウォンビンのやり方だ。

「泥の中で育ってきた人間にしか分からないさ。お前みたいに、最初から多くのものを持ってるやつなんかには」

ツァオは一瞬目を見開き、それから割れるような大声で笑い始めた。鉄骨の壁に反響し、不快に耳奥に刺さる。

ツァオはずれたハットを直しながら言った。

「田舎者のやり方、か。そいつはいい。俺にはわからないわけだ……なぁ、子弾」

子供の頃から聞き慣れた、親しみを込めて若い男を呼ぶ時の名。ふいにツァオの葉巻の香りが、一層強く鼻腔を占めた。目の前の実物ではない。記憶の縁《ふち》から立ち上る、子供の頃に嗅いだ匂い。大包丁を手に提げた肉屋の主人。路に並ぶ雀卓を囲む皺だらけの男たち。その欠けた指の間から立ち上る、細く長い一筋の煙……。

今度は僕が、目を見開く番だった。

「ずっと、この街の人間だとばかり」

「あいつが南の出身だってことはすぐに分かった。目先の欲に弱い。気性が荒くて、一度言いだすと後には引かない。情にもろくて信義には篤い。そうだろう」

「あんた、肌白いし」

「ウォンビンだって白いさ」

「あいつは」

「俺も同じだ。泥の底に沈みかけてたところを、引きずり出されたんだ。自分じゃ望むべくもない方向にな」

「何に、」

「惚れた女」

言葉の意味を計り兼ねているうちに、暗闇の中、ツァオの手が伸びてきた。再び顎を摑まれるのかと思ったら、肩を摑まれ、壁に押しつけられる。

「お前みたいなのは、本当は嫌いなんだ」

葉巻の匂いが肺に再び充満する。今度は、口から。

「なら……遊ぶなよ」

「だからこそ、だよ」

抱きすくめられて身動きができない。ツァオの摑んだ五本の指が、皮膚をえぐるように深く食い込む。冷たい壁に打ち付けられた背の痛みに耐えているうちに、ツァオの堅い手がシャツの隙間から滑り込んだ。長い指が、僕を摑んで離さない。互いの息遣いだけが闇に響いている。

舌を入れてきたら嚙み付いてやろうと思ったが、ツァオは意外にもあっさりと身を引いた。

「自分が守られていることに気づかない。そのくせナイト気取りだ。運命に流されたことを嘆きながら、その実、指をくわえて、事態が変わるのを待っているだけ。……失って初めて、自分がどれだけ愚かだったか分かるんだ」

ツァオの瞳に、濃い青が溢れた気がした。僕ではない、遠い記憶の中の誰かがその奥を過《よぎ》る。

「お前に何が分かる」

「だから」

気配がビリビリと濃くなった。怒気を含んだ声が、頭上から降り注ぐ。大きく息を吸う音。

「お前がやれよ。あいつを助けてやれ。それがお前の仕事だよ。子弾」

その晩、こんな夢を見た。

ウォンビンの白い裸体が、棺桶の中に横たわっている。大量の百合の花は、今にも棺桶から溢れ出しそうに彼の体を埋めている。鼻孔を焼く、濃い蜜の匂い。

会葬者は僕しかいない。青白い頬がかろうじて、花の隙間からのぞいている。ウォンビンは動かない。当たり前だ。死んでいるのだから。死んでいる——そう、死んでいるのだ。僕がへまをした。ツァオの仕事に失敗し、ウォンビンは助からず、僕は——僕はどうしたんだ。そう、今、彼を眺めている僕は。

彼の頬に、わずかに赤みが差す。唇は色づき、今にも動き出しそうだ。死後硬直が始まっているとはとても思えない。髪には青々とした百合の茎が絡みついている。呼気は甘く、百合の香りに負けないほどに僕を誘惑する。

僕は手を伸ばす。生きている、そう思いたくて。彼の顔に指先が触れそうになった途端、べこり、と頬が削げた。腐敗が始まっている。みるみるうちに彼の体から肉が溶け出し、血が溢れ、骨が露わになる。骨と皮の隙間には大量の蛆虫がみっしりと詰まっている。さっきまでウォンビンの体だと思っていたものが、そうでなかったことに気づく。蛆は身をよじり、跳ねまわり、血の海の中で嬉しそうに歌い出す。

——良い骨をしているね　友達を守っておやり——

血はやがて棺桶の縁から溢れ、満杯の百合の花を載せて葬儀場の床に流れ出した。

思わず飛び退くと、骨だけになったウォンビンが起き上がり、穿たれた二つの空洞で僕を見た。

「なぜ、助けてくれなかった」

僕は弁解する。ウォンビン、ごめん。愛してたんだ。君を愛していた。君をどこにもやりたくなかった。愛してたから、取られたくなかったんだ。

骨だけになった手が僕の顎を摑む。百合の花が視界を席巻し、目の前にあるものが花なのか骨なのかわからなくなる。わんわんと響く蛆の声が僕の声を掻き消す。ウォンビン。許してくれ。ウォンビン。むせるような花の香りが喉を塞ぎ、体の隙間という隙間に入り込み、呼吸を止める。やがてそれはいつしか潮の匂いに変わる。盲梟婆のしわくちゃの顔。黒ずんだ皮膚。雲母のように白く濁った眼。炭酸水の瓶の青。白い光の下で躍る、琥珀色の柔らかな髪。振り返った笑顔。

「俺は運命なんか信じねえよ」

僕の、僕のウォンビン。

叫びながら飛び起きた。粘つく日差しが肌を焦がし、大量の汗がぬかるみのようにマットレスを濡らしていた。隣を見ると、彼はいなかった。すでに真昼の太陽が、窓の外から僕を見下ろしていた。

パレスホテル。月曜の午後一時。カフェのテラス席。銃を届けに来た男はアパルトマンの扉の向こうから顔を半分覗かせてそれだけを伝えると、足音も立てずに階段を降りていった。僕の手には、黒い布に包まれた得物と男の写真、袋に入れられた前金の札束だけが残された。

橙京の中央通り沿い、もっとも地価の高いエリアに聳《そび》える西洋の神殿風の建物がパレスホテルだ。無論、足を踏み入れたことはない。

その日は冬が近い割には異常な暑さで、夏の名残のような積乱雲が、青空とともに人々の頭上を占めていた。バイクで建物の裏手に回ると、生垣の向こうには青々とした芝生が広がり、白いテーブルと椅子の並ぶラウンジエリアがあった。騒がしい表通りと違い、この一角だけは静止したように景色が凪いでいる。

ヘルメットをかぶったまま、生垣の向こうを伺う。標的の男は生垣からさほど遠くない位置にいた。テラス席の中央、でっぷりとした体を窮屈そうに籐で編まれたリゾート風チェアに押し込めている。ここから二十メートルといったところだろうか。髪を潔く刈り上げ、若者風のデザインのサングラスをかけているが、その下の弛んだ頬、シャツの襟と顎の間に詰まった脂肪の層が男の年齢を示している。

向かいに座る男二人の国籍は分からないが、用心棒という訳ではなさそうだ。彼らは何やら熱心に話し込んでいる。

僕はジャケットの胸元に手を突っ込んだ。懐に仕舞われた銃はずっしりと重い。家で何度も構え、引き金を引く練習をしたにもかかわらず、その硬さを感じた途端、脈が逸《はや》り、指先が震えた。

——やるんだ。

通りに人はいない。テラスの客たちは誰もこちらを見ていない。ガードマンはテラスの入り口に二人、この暑さで頭をやられたように呆けて立っている。早くしないと、怪しまれる。じっとりと汗が吹き出し、ヘルメットの内側を曇らせる。

安全装置を外し、男に向かって銃を構えた。息を吸い、止める。チャンスは一度。照準器の向こうに、男のずんぐりとした頭が見える。

引き金を引く寸前だった。テラス席の入り口から人が現れた。見知ったその姿を見た瞬間、僕は息を飲んだ。思わず銃身を下げる。

——どうして。

ウォンビンだった。ウィッグを被り、白いドレスに身を包んでいる。彼はターゲットの男に近づくと、テーブルに手をつき、腰をかがめて話しかけた。男は親しげにウォンビンの背に腕を回す。男の体越しに、ウォンビンがちらりとこちらを見た。瞳が見開かれる。男が振り返り、向かい席の二人がこちらを見る。

——まずい。

気づいた時には引き金を引いていた。乾いた銃声が響くのと、向かいの男たちが銃を構えるのがほぼ同時だった。考えている余裕などない。続けて二発、闇雲に撃つ。そのままバイクを発進した。銃声が追いかけてくる。

動悸の収まらぬまま、ギアを最大にして僕は大通りへと駆けた。ひしめく車体の間をすり抜け、全力疾走する。まもなく後ろからサイレンの音が追いかけてきた。目の前の信号は赤だ。中央通りの十字路は凄まじい量の歩行者で埋め尽くされている。構わず間をすり抜けバイクを走らせた。ぶつかりそうになった通行人が悲鳴を上げる。先に用意した逃走経路はすっかり頭から消えていた。捕まるのは時間の問題だ。立ち込める排気ガスが視界を遮る。ビルに反響するサイレンの音。捕まえろという怒号。鼓動が爆発しそうに高鳴り、目の前が赤くなる。

——殺《や》っただろうか。

ウォンビンには当たってないはずだ。二発目を打つ寸前、身を翻してテーブルの向こうに隠れるのが見えた。見間違いでなければ三発目の銃弾は男の太った体に命中し、男の体はびくりと跳ねた。ドゥアの時は正当防衛だったが、今度は違う。明確な意志を持って、人を、殺した。

鋭い破裂音とともに、車体に衝撃が走った。ぐらりと大きく右に傾ぐ。続けて発砲音が降り注ぎ、腕に熱いものが掠めた。サイドミラーを見ると、後ろに迫る車の窓から男が僕に向かって銃を構えていた。アクセルを握りしめ、前のめりになりこれ以上出ないほどスピードを出す。すぐそばを走る車のサイドウィンドウが割れ、飛び散るガラスが降り注ぐ。一際重い銃声が響くや否や、がくん、という衝撃と共に僕は宙に投げ出された。地面に体が叩きつけられると同時に、四肢に千切れるような痛みが走った。タイヤが撃ち抜かれたのだ。歩道に転がる僕の目に、色とりどりの看板が見えた。昼は電飾を消し、色彩は褪せているものの、よく知る老街の裏通りだ。細い路地が入り組み、呆れるほどおびただしい数の住宅が密集している。後ろから来た車は道脇に違法駐車された車や通行人に邪魔され、僕から三十メートルほど手前の位置で止まった。中から二、三人の男たちが駆け出して来る。僕はありったけの力を振り絞って建物の隙間に飛び込んだ。

――まだ、逃げられる。

昼でも薄暗い老街は左右から建物が押し迫り、頭上に渡されたロープにかかる大量の洗濯物が太陽を遮蔽し幾多の影を作る。ヘルメットとジャケットを脱ぎ捨て、足を引きずりながら、建物と建物のわずかな隙間に身を押し込んだ。室外機と、打ち捨てられた箪笥《たんす》の間に身を潜める。連中の叫び声と、重い靴音がすぐ近くで響いた。それに重なるようにして、遠くからサイレンの音が迫ってくる。ここにいてもすぐに見つかってしまう。隙をみて、逃げ出さなければ。

突然、腕を強く引かれてギョッとした。

「ルゥ！」

ウォンビンだった。白いドレスを泥で汚しながら、体を建物の隙間に無理やり押し込めている。

「こっちだ」ウォンビンは僕を立たせた。脇に腕を突っ込み、歩かせようとする。

「どうして、お前」

「どれだけ一緒に駆けずり回って来たと思ってんだ」

荒い息を吐きながら、彼は笑った。

「ピンチの時に袋小路に逃げ込むくせ、まだ変わってねーのな」

「違う、そうじゃない」

し、と唇に指を寄せて僕を止めた。胸元から何かを取り出す。ビニールの透明な袋に入れられた、四角い紙片が目の前に掲げられる。

「これ、持ってけ」

「は」

僕は一瞬、ぽかんとした。何がなんだか分からなかった。紙片には僕の顔写真と、見知らぬ名前が刻まれている。紙片の上部には「煌港市特別管理区居住証」と書かれている。

「お前が殺したあいつな、ＩＤの偽造屋なんだよ。元はツァオの客なんだけど、最近、ツァオの得意先と揉めて干されたんだ。俺は元々ツァオを通さずにやつと交渉して、お前の分のＩＤを頼んでた」

ウォンビンは早口でまくし立てた。すぅ、と息を吸う。

「で、今日が引き渡しの日だったってわけ……まさかお前に邪魔されるなんて、思わなかったけど」

「そんな」

僕は彼を見た。彼は僕の手にＩＤを握らせる。

「お前、まさか、このために」

「分かったらこれ持って逃げろ。運河越えたら、やつらも追ってこれねえ。無駄にするなよ」

ウォンビンの唇は青い。額には大粒の汗。それでも微笑みを崩さない。

「駄目だ」僕は彼にしがみついた。

「僕一人でなんて行けない……お前と離れて、後悔しなかったことなんて」

「今まで付き合わせて悪かったな」ウォンビンは僕の背に手を回した。跪いた僕の胸に、彼の拍動が重なる。

「これからは、自分のために生きろ。リリを呼び寄せてやれ」

「違う」

その時だった。彼の背後、路の出口に人影が躍った。追っ手の男だ。銃口をこちらに向け、ウォンビンに狙いを定めている。

「危ない」

考えるより先に体が動いた。渾身の力でウォンビンを突き飛ばすと、男の前に立ちはだかる。

視界が開けるのと、胸に衝撃が走るのとがほぼ同時だった。倒れこむ寸前、なんとか銃を構え、引き金を引く。視界の隅で男が倒れるのが見えた。

「ルゥ！」

灼けつく痛みと、傷から気道をさか上る熱い液体のせいで呼吸ができない。全身が痺れ、感覚が失われる。路は昨日の雨でぬかるんでいる。泥の中に寝転んだ。頭上には目を突くような碧天。建物の隙間から入り込む、日差しが視界を覆う。それを遮る、見慣れた顔。

「ばか……お前」

「行けよ、ウォンビン」

僕は言った。今度は僕が笑う番だ。

「ツァオにお前の病気、治してくれって頼んであるんだ。……あと、ミルク粥、作ってあるから傷まないうちに食べてな」

ぼたぼたと熱い液体が頬を濡らす。

「ずっと、勘違いしてたんだ。僕の運命は、ずっとお前と一緒にいることだって」

「そうだろ」涙声のウォンビンが、子供のように鼻をすする。

「そうしてくれよ、ルゥ。——俺と一緒にいてくれ。お願いだ」

「けど、違ったんだ。……なあ、ウォンビン、僕の望みを叶えてくれるか、」

そこから先、自分の口から出た言葉が耳に届く前に、バタバタという複数の足音と地面の振動がそれを掻き消した。僕の唇に耳を寄せていたウォンビンが、泣きながら顔を上げる。僕はよろけながら起き上がると、彼の体を強く押した。路地の先へと。そのまま力を振り絞り、音のする方へ立ちはだかる。現れた男たちが僕に向かって一斉に銃を構えるのが見える。

火薬の匂いに包まれ、意識を失う瞬間に僕の視界に広がったのは、目も眩むほどに青い、幻の故郷の海と、泥の中に散る、あの赤い花びらだった。

エピローグ

薄桃色の花弁が、泥水の中に散っている。側溝を排水が流れてゆくなか、そこだけはわだかまり、なかなか流れては行かない。まるで中空を覆うピンクの靄が、魔法をかけて仲間の最後の命を踏みとどまらせているようだ。

「何を観ているんだね」

後ろから声をかけられて、振り返ると老人が立っていた。

バルコニーの手すりに身を預け、下を見ている俺の隣に彼は歩み寄ると、同じように見下ろす。

「桜かね」

日本では春になると桜が咲く。この屋敷の庭にも桜の巨木が枝いっぱいに花を咲かせ、中空を薄桃色に染めている。庭の地面の上には散った花びらが降り積もり、こんもりと形を作っている。

「君は毎年この季節になると、咲いている桜でなく散った花ばかり眺めているね」

老人はそう言うと不思議そうな顔をしてこちらを向いた。

「なぜ、満開の花でなく地に落ちたのを見る？」

「……生きた花は、私の目には痛うございます」

日本語を話す用の、作られた声で俺は答える。

老人は分かったのか分からないのか、ふむ、と言うとそれきり黙った。俺たちはそのまま花を見続ける。老人は桜を、俺は泥の中に散るくすんだ花の死骸を。

頭上には鈍色の空が、淡雲《うす》の向こうに広がっている。

この場所は静かだ。外界から切り離され、額縁に閉じ込められた古い一枚の絵のように。


ルゥが死んで、俺は日本に来た。体を治す金はみな、ツァオが用意してくれた。ルゥが稼いだ金だ。大使は俺を通事として雇い、日本に連れて帰った。今では外交に関する細々とした仕事をしている。この屋敷にも彼《か》の国からしょっちゅう来客がある。メイドや使用人に言葉を教えるのも俺の役目だ。皆、俺を先生と呼ぶ。大使がそう呼ばせている。俺を妾扱《めかけ》いする人間はこの屋敷にはいない。よく教育されているのだ。出来過ぎた待遇だと思う。先生、と呼ばれるたび、俺は心の中で打ち消す。そう呼ばれる人間でないことは、俺自身が一番よく知っている。

結局のところ、俺は二度誤り、全てを失った。運命に逆らった結果、大切な人から全てを奪った。盲梟婆の言ったとおりになった。

彼女は復讐を企てる俺にこう言った。

「運命に逆らえば骨は歪む。怒った骨は全てを破壊する。お前さんの運命は与えられることだ。奪うことじゃない。全てを受け入れて骨に従え。――お前自身の、本当の聲に」

意味が分からなかった。滾《たぎ》る復讐心こそが俺の本心だと思った。だからそれに従った。それが大切な存在にどんな影響を与えるかなど、考えもせずに。


桜はひらひらととめどなく舞い落ちる。その様は故郷の街で春の終わりに咲き誇っていたピンクの花を思わせる。むわり、と濃い匂いを放つ南国のそれと、一週間で散ってしまう儚いこれとでは似ても似つかないが、俺にとっては死者を想起させるという意味では同じだ。

あの頃、道端に降り積もる花を見て、俺は子供心に美しいと思った。やがてそれは排水とともに消えて行ったが、その間際までどぎつく自らの生を主張する鮮やかなその色は俺に憧れを抱かせた。あんな風に生きたいと。泥の中を這いつくばって暮らす、その時の俺とはかけ離れていると思ったが。だから大きくなって、あの花と同じ色のドレスに身を包み、人前に出る日が来るとは思わなかった。今、こうして日本で暮らすようになっても、あの鮮やかな花の色は網膜に焼きつき、すべての景色を透かし見せているように感じる。

老人に促され、バルコニーから中に入った。広間には駐在していた頃の彼の国の写真が飾ってある。四角く切り取られ、セピア色に変貌したあの街の風景は、色も匂いもなく、本物の街とはほど遠い。それでも俺はそれを見るたび、過去に自分が見て来た街の光景を、取り囲む喧騒を、そこに降る濃い雨の匂いを思い出す。いつも俺の隣で揺れていた、あいつの肩を、あいつの声を、あいつの笑顔を。

なぜ、俺だけが生きながらえているのだろう。

ルゥの遺体は警察に回収された。きっと、名もなき流浪の犯罪者として、その名を呼ばれることも、弔われることもなく、焼却炉の煙となって空に消えただろう。位牌《いはい》も、骨すらも、何一つ残さず。

俺はあいつと、どうなりたかったのだろう。

たくさんの人間に体を差し出すことで生き延びてきた。望まなくとも必然だった。正しいとか、正しくないとか、考える余裕はなかった。一方で、彼にそれを差し出すことを恐れた。

俺たちは最後まで友達だった。あの夜を除いて。

あの時重ねた唇の意味を、俺は今でも、記憶の中に探し続けている。浅ましく、取りすがり、乞い求め続けている。泥の底に沈んだ薄桃色の花弁を、両手で掬って探し出そうとするがごとく。

「行こう」と老人が言った。俺は上着を手に取る。広間の壁にかかった時計の針はもうすぐ二の文字に触れそうだ。

今日着ているのは、裾が地につきそうなほど長い濃い紫のロングドレスだ。革の手袋で肘から先を覆い、八連の真珠のチョーカーで喉仏を隠している。今日は通事としてではなくパーティーにただ付き添うだけだ。声を出さなければ、まず男とは思われない。

生きるためにただ必死だったあの頃のようなエネルギーは、もう必要ない。ネジがあちこち緩んで、進まなくなった時計のように、ただ、かろうじて体の形を保っているだけだ。俺自身の声を求める人間は、この場所にはいない。俺に言葉を投げかける者もいない。本当に通じる言葉を。

運命なんてものも、もうとうに俺の身体から抜けきっただろう。

屋敷の裏手から音もなくロールスロイスが回って来て、玄関の前に停まった。老人と俺はそれぞれ左右のドアから後部座席に乗り込む。庭砂利を巻き上げることもなく、再び静かに車は走り出す。

窓の外の木漏れ日が作るレース模様がシートの上をさらさらと流れてゆく。ときおり日差しのきらめきが小魚のように跳ねる。老人は反対側の窓から外を眺めている。俺もまた、窓の外に目を向ける。俺たちはあまり会話をしない。彼は余計な言葉を好まない。彼がどんな人生を歩んで来たのか、ほとんど何も知らない。だからこそ一緒に居られるのだろう。彼もまた、誰か大事な人間を失った経験があるのではないかと思うが、そのことについて聞けるほど、俺はまだ日本語の作法を良く知らない。

カラタチやツツジ、車道の両脇から天蓋のように空を覆う柏の木々を越え、車は公道に出た。巨大な屋敷の脇をしばらく走り、大通りに出る。陽が出て来たせいか人出が多い。

俺は視線を膝の上に落とし、静かに揺られている。

「ラジオをつけてくれ」老人がポツリと言った。運転手がスイッチをひねる。薄暗い車の中に、ざらついた音が流れ始める。潮騒のように、耳殻の中で押しては引き、記憶の中に俺を引き込む。

ボスを殺したい、と最初に言い出したのはミミだった。

自分たちが絶望の淵に生きる一方、幸せを奪った相手がのうのうと生きていることが許せない、と彼女は言った。俺はバオフゥをおびき出し、殺す提案をした。彼女が構えた刀の先が、俺に覆いかぶさるやつの腹から突き出る瞬間を、俺はやつに衝き上げられながら間近に見た。切っ先には事切れる寸前のやつの顔と、それを見上げる俺の顔が映っていた。大量の血が体の上にスコールのように降り注いだ。シーツを剝ぎ取り、二人で死体をぐるぐる巻きにして運び出した。彼女とはそれきり会ってない。

俺と同じく、彼女も彼女の選択を、今頃悔いてはいないだろうか。

車のシートに投げ込まれる光が、微かに明るく変わった気がした。ハッと顔を上げると、路の両側には満開の桜の木がそびえていた。幾千の花が咲きこぼれ、空じゅうに爆発している。ざわざわと風に揺れ、力尽き、ハラハラと身をこぼす。花の死骸が、フロントガラスも、両脇の窓も覆い尽くし、俺たちを薄桃色の海の中に閉じ込める。車はそれを厭《いと》うように、ゆっくり、ゆっくりと進んでゆく。

ふとラジオの調子が変わった。懐かしい音の連なりが、桃色の水槽の中を満たす。音に一枚膜を隔てたような遠さがあり、元いた国の言葉だと、気付くまでに時間がかかった。外国からの中継に切り替わったのだ。

わずかに身を乗り出した俺に気づいて、隣の老人は「ああ」と言った。

「今日は彼《か》の国と日本の友好記念日だからね。特集をやるのだろう。君の知っている歌も流れるんじゃないかな」

アナウンサーの挨拶の後に、ピアノの軽やかな音色が流れ始めた。聞き覚えのあるメロディーが、ラジオのスピーカーから滲み出る。随分古い、南部の歌謡曲だ。女が別れた男を恋い焦がれる、ありふれた歌詞。

子供の頃、母は俺に女の格好をさせたがった。女の子が欲しかったのだそうだ。俺はそれに素直に従った。父に泣かされ、暗い顔で恨み言を吐き続ける母が、笑ってくれればそれでよかった。容れ物のかたちなど、俺のことなど、大切なものさえ守れれば、どうだっていいと。

やがて妹が生まれて、母の関心はそちらに移った。

「故郷が恋しいかい」老人が聞く。

「私には故郷なんてありません」俺は窓の外に視線を向けて言った。

桜の花は渦を巻き、一層激しく吹きつける。手招きをする手のように、ひらひらとたゆたい、記憶の底から何かを汲みあげる。ルゥと眺めた海、ルゥと共に駆けた乞骨街の裏路地、ソーダ水の瓶の底から眺めた月、あいつの柔らかな舌。

「こんにちは」

不意に、みずみずしい声がスピーカーから弾け出て、ハッと我に帰った。曲が終わっていた。

アナウンサーが日本語で解説する。

「今日は煌港にいらっしゃる大人気歌手のLi-lyさんと生中継でおつなぎしています。Li-lyさん、よろしくお願いします」

「よろしくお願いします」

拙い日本語が耳を打った。あどけない口調の中にも、凜とした強さがあった。

「Li-lyさんは三年前に彗星の如くデビューされた、世代を超えた人気を誇る歌手で……」

アナウンサーの高揚が、粗いざわめきに紛れて伝わる。

「彼女を知っているかね」と老人が横で尋ねる。「君と同世代のようだが」

「多分、同じクラブにいました」と俺は言った。

老人はほう、と言う。

「気づかなかったよ。あの頃私は君ばかり見ていたからね」

病室にルゥの行方を尋ねに来た彼女に、俺は本当のことを言えなかった。代わりにルゥがアパルトマンに残した封筒を俺は彼女に渡した。

リリは涙をぐっとこらえて、

「わかった、それがあいつの選んだ道なのね」

とだけ言った。ルゥと彼女の関係を、俺はその時初めて聞いた。

煌港に渡った、ということだけはツァオから聞いていた。歌手になったことは、最近になって知った。


アナウンサーと彼女のやり取りは続く。電波が悪いのか、雑音が会話をときおりかき消す。

「今から歌っていただく曲は、Li-lyさんがプロになる前、オーディション用に作った自作の曲で、これがデビューの決め手となったそうです。今回、デビュー三周年を記念して、特別に当番組で披露していただくことになりました。……この曲はLi-lyさんにとって、思い入れのある曲だそうですね」

「この曲の歌詞は、私の大切な人がお別れする前に残してくれたものなんです。私のために幾つもの詞を書いてくれた彼が、最後に完成させたものなんです」

「どんな方だったんですか?」

「……運命の人、」

アナウンサーの動揺する気配がスピーカーごしに伝わった。

「それはつまり、」

「恋人でもない、家族でもありません。彼はまさに、私の運命の人だったと思うんです。……別れた後も、私を幸せにしてくれるという意味で」

「おやおや、なんだかとてつもおアツいお話なんですねぇ」

アナウンサーが戸惑い気味にまぜっかえす。

「私、人の一生がどんな意味を持つかって、その人がいなくなった後に残された人がどう生きるかで決まると思うんです。──彼は常に、身近な人の幸せを一番に考えるような人でした。だから、残された私が幸せになることで、彼も幸せになるんじゃないかって。運命って、一人で作ってるんじゃないんです。だれかの手で……自分と関わる全ての人の手で作られるんです。彼は私の運命を作ってくれた。だから、運命の人です。そういう意味では、今日、こうして私の声を聞いていてくれている皆さんも、私にとっては運命の」

会話はそこで雑音に掻き消された。電波が混濁している。ふたたびつながった頃にはアナウンサーが会話を閉じていた。

「それでは歌っていただきましょう。……」

曲名は聞き取れなかった。

ラジオのボリュームが上がる。子供の頃、あの街でよく耳にした絃楽器の音が、心を撫でるように幾重にも幾重にも響く。祭の夜、宵闇を切り裂いていた甲高い笛の音が、血の巡りにまで入り込み、体を揺さぶる。

あ、と俺は思う。

爆発するように咲き、渦となって路じゅうに満ちるピンク色の花弁。記憶の底から再び吹きつけ、目の前に舞い散る桜の花びらと重なり、現実の景色と重なって俺を包み込む。胸に凝っていた何かがグズグズと溶けてゆく。花弁が優しく降り積もる、路の傍の泥のように。

やがて彼女の声がメロディに混じり、スピーカーから流れ出た。耳を一瞬にして摑まれる。力強く、心を揺さぶり、あの埃にまみれた土色の景色を目の前に作り出す。彼女はきっと知らないはずなのに。俺は自分のいる場所を見失い、時空の余白に放り込まれる。視界が染まる。桜よりも透き通る白。そこに、懐かしく愛しい顔が浮かぶ。

その歌はこう歌っていた。

骨の中に、あなたの声が染み込んで
今も取れないのだから
きっとこの体は死んで天国に行くでしょう
あなたの祝福が
私の体を満たしてくれたから

降り積もる愛が　あなたの体を包み込み
やがて幸せに変わるなら
私はいくらでも注ぎましょう
あなたの声は私の魂
私の魂は　あなたの音色と共にある

ぽたりと何かが手の甲に落ちた。熱いそれは、ラジオから流れ出る音符のように体の奥からいくつもいくつもこぼれ出し、俺の顔の上を伝った。頬を、首筋を、とめどなく濡らしてゆく。


「どうしたんだね」

老人は驚いて俺の顔を見た。

「なにか、辛いことでも思い出したのかね」

「大使」俺は言った。

「体を元に戻そうと思います」

「ああ」老人は少し考えるような仕草ののち、腑抜けた声で言った。

「好きにしなさい。君の身体だからね」

俺の鳩尾のあたりを指差しながら彼は続けた。

「些細なことだ、姿が変わるのは。大事なものは、すべて君のここにある」

「それから、この仕事を辞めようと思います」

「辞めてどうするのかね」

堰き止めていた思いが、リリの歌声に導かれ、骨の髄から溢れ出す。

「もう一度、歌いたい」

「……いつか、そう言い出すんじゃないかと思っていたよ」

俯く俺の背に、そっと彼の手が置かれた。

「そちらも、好きにしなさい。できるだけの支援はしよう」

「ありがとうございます」

「この国も随分良くなった。今はどう生きようが、どんな格好をしようが許される時代だ。好きに生き給え。君にはそれだけの力がある。国に、世間に、時代に、押さえつけられて生きるのは、私たちの世代でもう充分だ」

涙と洟《はな》に邪魔をされ、声が出せない。老人は俺の背をさすり続けている。ああ、この人の手も温かかったのだ、と俺はぼんやり思う。

幾千も降り積もる桜吹雪の扉を後ろ手に閉めながら、車は音もなく街へと滑りこむ。

死者の振る手を背後に残し、光差す喧騒へと。

己の軀《からだ》の熱さを感じながら、俺は目を閉じる。

空想の中で、俺はあいつの骨を抱いている。ルゥの白くて滑らかな骨は、そのうち腕の中でやわらかく崩れ、風に乗って去ってゆく。彼の最後の言葉が、不意に蘇る。腕に残った空白から、生まれ出づるように。

「ウォンビン、僕の望みを叶えてくれるか」
「なんだ、ルゥ」
「幸せになれ、ウォンビン」

［初出］本書は、二〇二一年六月に小社より刊行された電子書籍を、紙の書籍としたものです。

この物語はフィクションであり、実在する事件・人物・団体等とは一切関係ありません。
また、作品内に登場するいくつかの用語は、今日の観点からすると不快・不適切とされるものです。しかしながら、それらは物語の設定を考慮し、そのままとしました。差別の助長を意図するものではないことをご理解ください。

小野美由紀（おの・みゆき）

一九八五年東京生まれ。慶應義塾大学フランス文学専攻卒。二〇一五年にエッセイ集『傷口から人生。』（幻冬舎）を刊行しデビュー。二〇二〇年刊行の『ピュア』（早川書房）は、女が男を捕食するという衝撃的な内容で、WEB発表時から多くの話題をさらった。著書は他に、絵本『ひかりのりゅう』（絵本塾出版）、旅行エッセイ『人生に疲れたらスペイン巡礼』（光文社新書）、小説『メゾン刻の湯』（ポプラ社）などがある。

路《ろ》地《じ》裏《うら》のウォンビン

二〇二一年七月一六日　初版第一刷発行

著　者　小野《おの》美由紀《みゆき》

発行者　マイケル・ステイリー

発行所　株式会社Ｕ－ＮＥＸＴ
〒一四一－〇〇二一
東京都品川区上大崎三－一－一
目黒セントラルスクエア
［電話］〇三－六七四一－四四二二
〇四八－四八七－九八七八（受注専用）

営業窓口　サンクチュアリ出版
〒一一三－〇〇二三
東京都文京区向丘二－一四－九
［電話］〇三－五八三四－二五〇七
［ＦＡＸ］〇三－五八三四－二五〇八（受注専用）

印刷所　豊国印刷株式会社

製本所　株式会社国宝社

ISBN 978-4-910207-25-4　C0093